~前世知識と
回復術を使ったら
チートな宿屋が
できちゃいました!~
廃村ではじめる
スローライフ
2

手に入れた新食材で作る

絶品料理を召し上がれ！

キャラクター紹介
エリック
日本人だった記憶を持つ元回復術師。
冒険者を辞め、現在廃村で宿屋を経営中。
前世知識を生かした料理が得意。
マリアンナ
（通称、マリー）
エリックに猫の怪我を治してもらったことを
きっかけに廃村の宿屋を手伝っている。
マーブル
マリーに飼われている猫の一匹。
宿屋の看板猫として可愛がられている。
ビーバー
報酬の食べ物と引き換えに
エリックに協力してくれている。
すみよん
ワオキツネザル。
だが、意思疎通もでき
魔法の腕もピカイチ。
ストラディ
コビト族。
動物と意思疎通ができ、
清掃魔法が使える。

廃村ではじめるスローライフ 2

author. うみ
ill. れんた

～前世知識と回復術を使ったらチートな宿屋ができちゃいました!～

haison de hajimeru
slow life
~zensechishiki to
kaifukujutsu wo tsukattara
cheat na yadoya ga
dekichaimashita!~

口絵・本文イラスト
れんた

装丁
木村デザイン・ラボ

プロローグ　朝が来た

前世の記憶を持つ俺は未踏の地を探検できる冒険者に憧《あこが》れ、回復術師《ヒーラー》の適正もあり夢を実現した。

だが夢であった冒険者になったは良いものの、回復術師の要であるヒール能力が致命的に低くどこに行ってもお荷物扱いされてしまう。

またパーティを首にされて失意の中、猫耳の少女マリーと出会うことで生活が一変する。

彼女の飼っていた猫の治療をしたことで自分のヒールの特性に気が付いたからだ。

俺のヒールは回復能力が低いものの、持続力が高く布にヒールをかければ弱いながらもずっと回復の効果が続く。

そこで俺は思いついた。

ヒントは前世のゲーム知識にあるような宿。ゲームの宿って宿泊すると体力が全回復になるじゃないか。

もちろん、この世界の宿に宿泊しても、回復効果なぞない。

しかし、俺のヒールを使えば体力が全回復する宿が実現できるんじゃないかってさ。

癒しから想像し、俺が宿を経営する土地に選んだのは廃村だった。

ここはかつて炭鉱村として栄えていたのだが、炭鉱がダンジョン化してしまい今はもう採掘がおこなわれておらず放棄されていたのだ。

周囲の大自然と炭鉱にあるダンジョンにより、廃村は冒険者のキャンプ地になっていた。

更にこの地では温泉も湧いている。

俺にとって好条件が揃《そろ》っていた廃村で廃屋を改装して宿『月見草』を開店した。前世では未踏の地に憧れると共に疲れた日々を離れスローライフをしたいという思いもあったから。

宿は前世の記憶を頼りに日本的な食事やモノを再現し、ヒールと温泉も相まって中々の繁盛っぷりとなった。

コビト族に出会ったり、酒を盗みに入った「赤の魔導士」スフィアと彼女の師であるすみよんと仲良くなったりと楽しくて仕方ない。まさか、ワオキツネザル（種属名ワオ）のすみよんが伝説級の魔法使いの師だったとか驚きだったなあ。

おっと、ぼーっとしている場合じゃない。そろそろ、起きて動き出さなきゃな。

今日はすみよんとリンゴを採集に行く約束をしていたからさ。

第一章　メタリックブルー・カブトムシ

「マリー、今日は採集に行ってくるよ」

「わたしは水やりと畑のお世話に行ってきますね！」

マリーと笑顔で頷《うなず》き合う。

「めええええええ！」

突然の家畜の鳴き声に驚いたのか、マリーの尻尾《しっぽ》は毛が逆立ちいつもより太くなってしまっている。

な、何だ何だ⁉　慌てて走ると家畜小屋の傍《そば》に何かいる。……何かいるぞ！

「軽自動車か……いや、まさかそんな」

鮮やかなメタリックブルーのずんぐりしたフォルムは某高級外車を想起させた。そのため有り得ないと思いつつも、言葉が口をついて出てしまう。

メタリックブルーの何かに乗るのは、隣に引っ越してきた赤の魔導士スフィアの師であるワオキツネザルのすみよんだった。

呑気《のんき》に長い尻尾を首にまきつけた彼は「よお」と腕を上げる。

「エリックさーん。おはようございまあっす！」

「な、なにこれ？」

「何って、エリックさーんが言っていたんじゃないですかあ」

「リンゴ？」

「そうでえす。リンゴ甘いでーす」

待て待て待て、マジで待て。

マリーが地面にペタンとお尻《しり》をつけるほど驚いているじゃないか。

メタリックブルーをよくよく見てみたら生き物だった。足が六本あり、頭部には真ん丸の黒い目と立派な一本の角が生えている。

カブトムシを巨大化させたような、そんな感じだ。

大きさは軽自動車より一回り小さいくらいかな。騎乗生物の一種だろうか？　こんな生物をこれまで見たことが無いぞ。

「こんなの、スフィアの家にいたっけ？」

「テイムしてきたのでーす。すみよんはエリックさーんと違って素早く移動できますからー」

「テイム？　すみよんってテイマーだったの？」

「ワタシにかかればテイムなど簡単なことでえす。エリックさーんに譲渡してもいいですかあ」

モンスターや動物と仲良くなって一緒に戦ったりする人たちのことを魔物使い――テイマーと言うのだけど、テイマーがモンスターと仲良くなることをテイムと言う。

すみよんはテイマーの能力も持っているみたいだ。

「そ、そんなことできるの？　し、しかしだな。こんな見たことのない昆虫の餌なんてどうしたらいいのか」

「リンゴ食べまーす」

フルーツを食べるらしい。クヌギの木の樹液じゃないのか。

それにしても、すみよんが規格外過ぎて開いた口が塞《ふさ》がらない。

「すみよんさんがこの子と親しくなって乗せてもらっているんですか？」

「そんなところでーす」

カブトムシを押し付けられても持て余すぞ。乗れるといっても、それほど遠出することもないし
……何より巨大なカブトムシなんて不気味だろ。

色もメタリックブルーで目立ちまくるから、モンスターに見つかりやすいだろうし……。

眉根《まゆね》を寄せる俺に対し、すみよんがカブトムシの背から降り、下翅《かし》が格納されているだろう外骨格に手を当てる。

「ここ、見てくださーい。開くんでえす」

「う、うん。おぞましいんだけど……」

「ほら、ここに荷物を置くことができるんですよー。反対側も同じでえす」

「け、結構収納できるな。でも重いものは無理そうだな」

「鉄を詰め込んでも大丈夫ですよー？　エリックさんの背負子《しょいこ》四つ分くらいは入りまーすー」

「む、むむ……」

見た目を除けば、何て有能なんだ、カブトムシの奴《やつ》。く、悔しいが、使える……！

おずおずと手を伸ばし、メタリックブルーの外骨格に触れてみた。

ひんやりとしていて、車の表面に触れているかのようだ。車だと思えば……しかし上に乗る車……？

意を決してまたがってみると……。

「悪くない……。何だか負けた気分だ」

「気に入りましたかー？　ジャイアントビートルならニンゲンのエリックさーんにはピッタリですよおー」

「で、でも、すみよんがテイムしたジャイアントビートルを無償で受け取るなんてできないよ」

「いいんですよー。すみよんがエリックさーんと一緒にリンゴをとりに行こうと誘ったんですからー」

く、くう。

きょ、今日だけこのカブトムシと採集に出かけてみようかな……。

この後、この時の考えを激しく後悔することになるとはまだ知る由もなかった。

「ひゃあああ。寄らないでくださいーー！」

「あ、ごめん。そんなつもりはなく」

マリーが本気で嫌がって悲鳴をあげている。ここまで必死な彼女の顔をこれまで見たことが無い。

カブトムシもといジャイアントビートルに乗ったのだが、動かそうとペシペシと背中を叩《たた》いたらのそっと足が動いてね。

そのうち一本がマリーと距離にして五十センチほどになってしまったのだ。

「う、うう……。この子、飼うんですか……?」

「ちゃんと飼育できるか分からないからな。どんなペットでも飼育できる自信が無かったら飼っちゃいけないと思うんだ」

「リンゴを食べるのでしたか?」

「フルーツを食べるらしい。でも、うちには猫がいるから……。家畜小屋なら、まあ飼えなくはない」

「は、はい……」

「マリーも乗ってみる?」

「あ、あの、わたし、ヤギたちに餌をあげないと。ニャオーたちにも」

あせあせと冷や汗をかいた彼女は大袈裟《おおげさ》にポンと手を叩き、くるりと踵《きびす》を返す。

彼女は振り返りもせず宿の中に行ってしまった。

……………。

ぴゅーと風が吹いた気がする。こいつは飼育をするのを諦《あきら》めた方がいいかもしれないな。

俺たちの気持ちなど推し量ることもないすみよんが、ちょこちょことジャイアントビートルに登ってくる。

「リンゴ行きますー」

「う、うん。このカブトムシ……じゃなかったジャイアントビートルさ」

「遅くないですよお。すみよんほどではないですが、エリックさんや弟子よりは遥《はる》かに速いでえす」

「そ、そうなんだ……うお」

そういう意味じゃないんだけど、と言おうとしたらグンと体が後ろに持っていかれそうになる。

きゅ、急に走り出しやがった！

あっという間に加速したカブトムシ。カサカサカサカサカサと、もう何というか、これ以上突っ込むまい。

こいつ、体感ではあるが馬の全力疾走並の速度が出ているぞ。

カブトムシって大きな角が目立つんだけど、小さな角もあるんだよね。

ちょうどそこが持ちやすくて馬のように膝《ひざ》で挟む窪《くぼ》みのようなところもあって、案外快適に乗ることができる。

ガッチリ固定できるから、振り落とされることもなさそうだ。

カブトムシなのに飛べない代わりに荷物を積むことができるし、見た目さえ……、見た目さえ違ったら良かったのにいい。

「すみよおおおん！　崖《がけ》、前が崖！」

「しっかり掴《つか》まっていれば問題ありませーん」

「え！　え⁉　いや、ぶ、ぶつかる‼」

「膝に力を入れれば大丈夫でぇす」

だから、崖が迫ってるって言ってんだろうが！

この速度で崖に衝突したら、いかに頑丈な外骨格でもひしゃげるし、俺とすみよんも投げ出されるだろ。

ところがどっこい、カブトムシはカサカサと速度を落とさず崖を登っていく。マ、マジかよ、この崖は六十度くらいの斜面だぞ。

オーバーハングもなんのその、カブトムシは一瞬にして駆け抜けてしまった。

すみよんがカブトムシを運転しているのだが、オーバーハングは避《よ》けて欲しい。落ちそうになっただろ！

「はあはあ……。リンゴ以外にもせっかくだから採集をしていきたい」

「そうですかあ。ブドウですかー？」

「この辺りまでは来たことがないからな……。回り道もせずに、谷だろうが崖だろうが直進してきたから結構な距離を進んだみたいだし……」

「ブドウはあっちでーす」

「あるんだ。他は？」

「そうですねえ。ビワって知ってますかー？」

「え！　ビワもあるの？」

ビワはカブトムシタイムで十分くらいのところにあった。木ごと持って帰りたいところだが、残念ながら苗木はなく木に登りビワの実を採集するに留《とど》める。

カブトムシの羽の裏のコンテナにビワを収納し、ここで一旦《いったん》休憩にした。

一時間も経過していない気がするが、どっと疲れた。あの動きだものなあ……。上、下の激しい動きに内臓が悲鳴をあげ……てはいないけど、酔っ……てもいないけど、とにかく精神的に疲労した。慣れない乗り物で慣れない動きをしたからな。これならいっそ空を飛んでほしかったよ。

一方で、すみよんはのんびりビワを齧《かじ》ってご満悦の様子。

せっかくなので俺も食べるか。

「うん、ビワだ、甘い。そのまま食べるより、帰ってから何か作ってみるか」

「甘いでーす」

「ブドウは近くにもあるからなあ。リンゴ目的だったし、リンゴを目指すか」

「分かりましたあ。あっちですよー」

すみよんが長い尻尾で示した先は山脈だった。

岩肌が露出していて切り立った崖と言い換えてもいい。あれを登っていくのか。

徒歩だったら絶対にお断りだけど、カブトムシならすぐだろ。

◇◇◇

山脈を登った先は深い谷になっていた。円形になっていて、火山の火口のようにも見える。

それにしても広い谷だな。元々あった火山が噴火でぽっかり穴が開いた感じではなく、平らな場所が地盤沈下したかのような印象を受けた。

実際のところ、どうやって谷が形成されたのかなんて俺には分からないんだけどね。

山頂？　と言っていいのか迷うが、ここは一面の綿花畑になっていた。雑草は一本も生えておらず、周囲の岩肌と白い綿花のコントラストが不気味さを醸し出している。

「この場所、何だか変だ」

「この奥ですよおー」

「何だか嫌な予感がする。踏み込むのはやめておかないか？」

「そうなんですかー。リンゴはもうすぐそこですよー。リンゴ甘いでえす」

真ん丸お目目で見つめてくるすみよんに向け首を横に振った。

もう冒険者ではなくなったけど、自分の直感を大切にすることにしているんだ。悪い、すみよん。目の前にお宝がぶらさがっていようが、悪い予感がした時にはひいてきた。それで冒険者パーティを外されたこともあったなあ。

でも、こういう時の嫌な予感ってのは不思議と当たるんだ。

そんな俺に対して、すみよんは尻尾《しっぽ》を首に回し「分かりましたー」と特に気分を害した様子もなく返事をした。

「せっかくここまで連れてきてくれたのに、すまんな」

「いえー。エリックさん単独なら、死んでますし。仕方ないことですよお」

「え、待て。今、聞き捨てならないことを言ったぞ」

「仕方ないですよお」

「そこじゃない、その前。俺が単独なら」

「はいー。ここから一歩でも谷に踏み出したら死にまーす」

「マジかよ！　俺の直感すげえ……って『この奥ですよおー』とかさらっと言わないでくれよな」

何が起こるのか知らないけど、怖すぎるだろ。

今も背中にダラダラと汗が伝っているんだが……。

『君子危うきに近寄らず』

素晴らしい格言だと思わないか？　前世の格言のうち、この世界に生まれ変わってからしみじみと噛《か》みしめている言葉の一つである。

もう一つは『後悔先に立たず』かな。いやあ、格言ってためになることが多いって異世界に生まれ変わってからようやく分かったよ。

要は、直感で理由がなくとも、危ないと思ったらどのようなお宝を前にしようが、撤退する。

これで俺は今まで大怪我《おおけが》もなく生きてきたんだ。今は多少の怪我だったら、しばらく休憩することで回復することができるけどね。

自分の服にヒールをかけておけば、自動的に回復していくからさ。

いや、かけておけばではないな。既に俺の服にはヒールがかかっているわけだし……。

カブトムシへ再びまたがり、すみよんに「帰るぞ」と仕草で示すが、カブトムシに登ってこようとしない。

「この奥ですよー」

なんて、さっき聞いたようなことを呑気にのたまったではないか。

「いや、奥は危ないって言っただろ。踏み出したら『死にまーす』って嬉《うれ》しそうにすみよんも言ってたじゃないか」

「すみよんがいますー」

「リンゴなら宿の倉庫にもあるから、ほら行くぞ」

「リンゴ甘いでえす」

乗ってこないので、一旦カブトムシから降りてすみよんの長い縞々《しましま》の尻尾をむんずと掴む。

が、手から尻尾がすり抜けてしまう。

すべすべしているんだな。ネコジャラシが手からするりと抜けたような感触だった。……じゃなくて！

「こら、行くぞ」

「エリックさーん、そっちは……」

「あ……」

ならば体ごとすみよんを捕まえてやろうとして回り込んだ。

それがいけなかった。半歩、たった半歩であるが、危険ラインに踏み込んでしまったと直感した。

……と同時にゾワリと背筋が粟立《あわだ》ち、危険を告げた。

慌てて足を引っ込めたが、気配は消えない。縄張りに入った俺を許さないとばかりの気配に、寒気が止まらない。

「まずい、逃げるぞ！」

「ロックおーんされたみたいですねー」

「ジャイアントビートルは平気みたいだから、俺だけがターゲットになっているっぽい⁉」

「そうですねえ」

逃走だ。ここは逃走の一択のみ！

すみよんは俺の必死さをようやく理解してくれたようで、自分から俺の腰を伝って肩に乗る。ついでに尻尾を俺の首に巻きつけてきた。

これで彼が落ちても安心……とでも言うと思ったか！　そんなことになったら、俺の首が締まるじゃないか！

ヒラリとカブトムシにまたがり、しかと小さな角にしがみつく。

そして俺は脱兎《だっと》のごとく逃げ出したのだった。カブトムシの本気が速すぎて、すぐに速度を緩めたけど……。

ある程度離れてようやく生きた心地がしてきたところで、頭も冷えてきた。

さっきの渓谷って……あれだよな、あれ。悪名高き魔境「東の渓谷」で間違いない。

全力で逃げてきて正解だったと思う。何だかどっと疲れたよ。真っ直ぐ家に帰ることにしよう。

◇◇◇

「全く……酷《ひど》い目にあったよ。肝が冷えた」

「またまたー。楽しんでいたじゃあないですかー」

リンゴを小さな前脚で器用に掴んだすみよんが呑気に応じる。

シャリシャリシャリシャリシャリと小刻みにリンゴを齧る姿に癒されそうになるも、ブンブンと首を振った。

「俺はスフィアと違って、一般人なんだからな。その辺忘れないでくれ」

「すみよんがいるから大丈夫ですよー」

「いやいや……どうにかなりそうな感じじゃなかったぞ」

「思い切りが大事でーす」

今でも思い出すとゾッとして悪寒が止まらない。

これまで出会った、どのモンスターよりも圧倒的な気配だった。恐らく相当距離が離れていたと思うのだけど、それでもあの迫力だ。

対峙《たいじ》したら逃げる前に気絶してしまうかもしれない。

「スフィアー、いるかなー」

「ちょうど戻って来たところよ」

酒造所ことスフィアの住む丸太ハウスの扉を叩《たた》いたら、後ろから彼女がやって来た。

「すみよんがジャイアントビートルをテイムしたとかで、スフィアのところで預かってくれない？」

「いいけど、厩舎《きゅうしゃ》がないわ。師匠に頼んで厩舎を作ってもらえないかしら？」

即答してくれたはいいが、確かに丸太ハウスの中にカブトムシを入れるのは厳しいか。

スフィアに名指しされた師匠ことすみよんは、リンゴを離さぬまま長い縞々の尻尾を上下に振る。

「いいですよおー。ニンジンがいいですー」

「ニンジンはそれなりに在庫があったはず」

ニンジンをご所望するということは、ビーバーに厩舎を作るよう頼んでくれるってことかな？

今回は俺からのお願いでもあるわけだし、快くビーバーたちへのお礼を出そうじゃないか。

一旦、カブトムシことジャイアントビートルは丸太ハウスの軒下で待機してもらい、俺たちは中に入る。

おっと、カブトムシのことをお願いしに来たついでに彼女に頼んでいたものがどうなったのか聞いてみよう。

彼女の偉大なる魔法の一つに発酵を一瞬にして促進する魔法がある。彼女が自ら開発した魔法らしいのだが、目的は酒のためだった。

オリジナル魔法を作り出すなんてとんでもない才能なのだけど、その全てが酒につぎ込まれているとは……恐るべし。

そんな彼女に瓶につめたあるものを発酵させるように頼んでいたんだ。

「スフィア、例のもの、どうだった？」

「全部発酵の魔法をかけたけど、一つは腐っちゃったかも」

「中々難しいか……。酒とは勝手が違うものな」

「そうね、ヨーグルトなんかも作るのが難しいわ。それと似たようなものなのよね？」

「うん。調味料の一種でさ、俺の手元にも熟成中の瓶がいくつかあるけど、中々味の塩梅《あんばい》がうまくいかなくてさ」

「あれくらいの量ならすぐにできるわよ。次はエリックさんがいる前でやった方がいいかも」

「ありがとう、そうさせてもらうよ」

「お礼が言いたいのは私の方よ。お酒、とってもおいしいわ！」

「飲む時は奥の部屋で頼む」

「もう……まだ酔っ払った時の私でイメージしてない？」

「……そ、そんなことないって」

瓶に詰めたあるものとは、大豆だった。大豆を発酵させて待望の調味料「醤油《しょうゆ》」を作ろうと思っているんだよ。

これがまた中々うまくいかない。味噌《みそ》が一発でうまくいったのが奇跡だった、って思い知ったよ。

豆腐はそれなりに苦労したけど、うまくいった。そのうち醤油も満足のいくものが出来上がるはずだ。

「あ、その瓶、悪臭がするわ」

「う……。おい、瓶の蓋《ふた》を開ける前に言ってくれよ。ん？　この臭いは……」

「どうしたの？」

「懐かしい臭いだ。こいつはひょっとしたら……！　待ってて、すぐ新しい大豆を準備するから」

呆気《あっけ》にとられるスフィアのことを振り返りもせず一目散に宿屋に戻る。

あの匂いはきっと……！　たまたまだったけど狙った菌が繁殖したのか？

大豆を茹《ゆ》で上《あ》げ、洗って綺麗《きれい》にしてあった藁《わら》を袋に入れて彼女のところへ戻る。

瓶から腐った大豆（スフィア談）を取り出して……。おお！　良い感じに糸を引いているではないか。

一粒口にして、懐かしい味に思わず頬が緩む。

こいつを種にして、持ってきた大豆と藁を使えばいけるはず！

「スフィア。軽く、発酵の魔法をかけてもらえるか？」

「いいけど……嫌な予感しかしないんだけど……」

冷や汗をかく彼女を「さあ、さあ」と急かす。

「これで発酵が済んでいるはずよ。開けるのそれ……？」

「もちろんさ」

あからさまに嫌そうな顔をするスフィアと対照的に、俺はもうワクワクが止められない。

藁をオープンすると……。

ふむ、この臭い……いや香りは懐かしの「あれ」で間違いない。どうやら種とした糸を引く大豆が功を奏したようだな。

実験は成功。後は種を元にどんどん作っていけばいい。

「う……ちょっと、腐ってるでしょ、それ」

「いや、これも作りたかったんだ」

「そうなの？　調味料って聞いてたけど、腐った豆を作らされていたの？」

「作ってもらいたかったのは調味料だったんだよ。だけど、奇跡的に納豆が作れたからさ」

発酵した大豆こと納豆を一つ摘《つ》まんで引っ張ると糸を引く。

そのまま納豆を口に運ぶ俺に対し、スフィアが一歩後ずさる。

「納豆？　さ、さっきも食べていたわよね。あなたのお店の料理はおいしいけど、それはない！それはないわ！」

「朝といえば納豆とご飯。これだよこれ」

「わ、私は遠慮しておくわ」

「調味料の方は引き続き実験に付き合って欲しい」

「納豆とやらは自分で作ってね」

「もちろん」

納豆菌の種さえあれば、納豆を作ること自体は問題ない。

発酵食料品はそれぞれ活躍する菌が異なるのだけど、元となる菌がいない状態で成功させるにはった。


中々難しいんだ。

この世界では何故《なぜ》かイースト菌を混ぜ込まなくても、ふかふかのパンができる。

なので、なんでも材料さえ準備すりゃうまくいくと思っていたんだが、うまくいかないものもあった。

「ふんふんふんー♪」

愉快愉快。へ、へへへ。

納豆だ、納豆があるぞ！

宿屋に戻り、誰もいないことを確認してから藁を掲げグルグル回って喜びを表現する。

「これで醤油があれば最高なんだがなー」

我ながら贅沢《ぜいたく》を言い過ぎだ。もう食べられないと思っていたものがここにある。それだけでいい。

ちゃんと感謝を伝えねば。

「納豆よ。よくぞ我が元に帰って来てくれた」

一段と高く納豆を掲げ恭しく……あ、マリーが……いた。

「う、すごい臭いですね……」

いつも笑顔を絶やさぬ彼女の顔が思いっきり中央に寄っている。

理由は納豆の臭いで間違いない。納豆を好きじゃない人は納豆を隣で食べられると臭いがとても気になるものだからな。

よりによって、納豆を愛《め》でている時に彼女が来てしまうとは。

「こ、これはだな」

「ま、魔法の儀式ですか？」

「そ、そんなところだよ。これでおいしくなったはず」

「そんな秘密があったんですね！」

猫耳をピンと立て匂いに我慢しつつも両手を握りしめ、魔法の儀式と信じている彼女を直視できない。

うまく誤魔化せたようだけど、「おいしくなる魔法を使わないんですか？」とか突っ込まれたら恥ずかしくて倒れるかもしれん。

墓穴を掘ってしまった感がものすごくあるのだけど、明日の俺が何とかしてくれることを祈る。

「ではさっそく……ご飯を炊かないとダメか」

「はい！　そろそろお客様方がお見えになりますね！　着替えてきます」

そうか、そろそろ夕方だったな。

納豆の喜びで危うく忘れるところだった。納豆の魅力、恐るべし。

納豆の臭いが広がらないように瓶に詰めておこう。

◇◇◇

「ふう……今日もお疲れ様」

「エリックさんも！　お疲れ様でした！」

さて、遅い夕飯であるが、生憎《あいにく》ご飯がもう残っていない。今から自分達の分だけを炊くのも手間だからどうするかな。

もちろん、納豆は食べる。ご飯以外と組み合わせるとなるとどうするか……。

「マリー。これ、食べられそう？」

「う……苦手かもです……」

「だよなあ。マリーのは納豆抜きにしよう」

「す、すいません」

顔以上に猫耳と尻尾《しっぽ》がダメって感じに下がっている。

近くにいたニャオーも納豆をくんくんして「ぎにゃー」と悲鳴をあげて逃げていった。

納豆の臭いってキツイものだから、仕方ない。

「ずっと和食だったし、パスタにしよう」

「楽しみです！」

気を取り直して料理に取り掛かる。

この世界には乾燥パスタがあって、街に行けばパスタを提供する飲食店が多数あるんだ。

俺が作りたいパスタは決まっているのだけど、納豆抜きではあまりおいしくないかもしれない。

でも、マリーは納豆が苦手みたいだしな……。

ならば、もう一種類作っちゃおう！　日本式パスタの中でも多分一番食べられているあれを！

タマネギにピーマン、ソーセージがないので代わりにベーコンでいいか。お、シイタケもあるから入れちゃおう！

ささっと具材を炒《いた》めてから、特製のトマトピューレと鶏《とり》ガラ出汁《だし》を少々混ぜ、そこに茹で上がったパスタを絡めたら出来上がり。

「トマトピューレを使ったナポリタンってパスタだよ」

「うわあ！　トマトの香りがおいしそうです！」

マリーがにっこにこで食べる姿を横目に、今度は俺の分を作るとしよう。

俺の知る限り、この世界でナポリタンを出している店はなかった。カレーと同様、ナポリタンは日本独自の料理だからだろうか。

カレーを想像したら無性に食べたくなってきたが、納豆を眺め打ち消す。

と、頭の中ではカレーと納豆が格闘していたものの、料理を作る手を休めてはいない。

野山で拾ってきた様々なキノコ類をざく切りにしてっと。

フライパンにオリーブオイルを引き、ニンニクをパラリと振る。

良い感じにニンニクがじりじりとしてきたら、キノコ類を一気に投入だ。

味付けは塩と味噌だまりとシンプルにいこう。

パスタと絡め、そしてお待ちかねの納豆をドバドバと盛り「納豆きのこパスタ」の完成であるぞよ。

皿を持ってマリーの対面《トイメン》に座ると、彼女が無言で隣のテーブルに移動してしまった。

「エリックさん。ナポリタン？　をメニューに加えませんか！　きっとみなさん気にいってくださいます！」

「洋食だけど……まあいいか。では、いただきます」

マリーの言葉も半ばほどしか頭に入って来ていない。

お待ちかねの納豆きのこパスタを前に手を合わせる。

「お。おおお。これよ、これ」

久しぶりに食べた納豆きのこパスタに舌鼓を打つ。

今日もご馳走様《ちそうさま》でした。


風呂《ふろ》に入り、ベッドに寝ころぶとすぐに眠気が襲ってきて意識が遠のく。

しかし、深夜……激しい悪寒がして、心臓を鷲掴《わしづか》みにされたかのような緊張感が走り飛び起きた。

い、一体何が……？

「いきなり起き上がるとはどうなっているんですかー」

「すみよん？」

「すみよんでーす」

「すみよんが胸の上に乗っかっていたから、心臓が……？」

「そんなわけありませんー」

「だよねえ」

押されて圧迫されたものではない。

今も冷や汗が止まらないもの。もちろん、このプレッシャーはすみよんからではない。

「これほどの気配……マリーが心配だ。ポラリスや宿泊している冒険者も」

「弟子は酔っ払って素っ裸で寝てまーす」

「スフィアのことは心配してないけど……」

「そうなんですかー」

「曲がりなりにも赤の魔導士なんだし。彼女なら、この気配の中でも平気なんじゃないかって」

「酔うとぽんこつでえす」

「それは師匠が言っちゃあダメな奴だぞ」

「すみよんですからあ」

「そうね」

「すみよんだから」とは凄《すさ》まじいパワーワードだな。

このワオキツネザル。会話が繋《つな》がらないことが多いし、こんなものだと受け入れるしかない謎の説得力を持っている。

人型だったらこうはならないんだろうけど、ワオキツネザルだから仕方ない、となるのだ。

「おっと。すみよんと遊んでいる場合じゃない。まずはマリーから見に行く」

「寝てますよお。寝込みを起こすんですか」

信じられないと首を振る。

まさかと半ば冗談交じりに彼へ問い返した。

「寝てる？　この気配の中で？」

「そうですよお。そもそも、エリックさん以外は気配を感じ取っていませんー」

「すみよんも？」

「ワタシは気が付いてますよお。すみよんですからー」

……。さっき、俺以外は気が付いてない、みたいなこと言っていただろうが。

待て。落ち着け。こいつはこんな生物なんだ。引っ張られてはいけない。

すみよんはちゃんと必要な情報を持っているはず。

すーはーと大きく深呼吸してから、続ける。

「となると、すみよんと俺以外は何ともないってことか」

「すみよんも何ともないでえす」

「や、ややこしいな。プレッシャーを感じているのは俺だけで、すみよんはプレッシャーの対象にはなってないけど、プレッシャーの主がどこにいるのか感じ取ってるってこと？」

「そうでえす」

「じゃあ、どこに」

場所まで分かっていたのか。侮れん、このワオキツネザル。

彼はくるりと巻いた尻尾をピンと伸ばす。その先は窓！

「そこでえす！」

「うおおお！」

ま、窓の外に何かいる！　何かいるってば！

赤い目？　なのかあれ。丸い赤色のがポッポツ浮かんでいるんだよ！

こんなに近くにいたのに気が付かなかったのか？　俺。

大きすぎる気配は距離感をつかめないから？

「ま、まずい。すみよん。に、逃げないと」

「ジャイアントビートルでも逃げ切れませーん」

「す、すみよんなら、何とかできる？」

「何とかする必要もありませんよー」

こ、こら！　窓を開けるんじゃねぇ！

と、ともかく。俺は俺で灯《あか》りをつけよう。真っ暗闇よりは幾分マシだろ。

『これでおあいこでしょ』

唐突に声が頭の中に響いた！

見ると、丸い赤丸のポッポツが室内にいる。すみよんが窓を開けるから入って来てしまった……

ってわけでもないか。

あの気配の主がこの赤い光だとしたら窓でも壁でもあってないようなもの。

むしろ窓を開けたから、窓も壁も壊されずに済んだと見るべきだ。

「生憎、暗闇だと全く見えないんだ」

『そう。不便ね。これだから光感知は』

向こうは対話をする気がある。語りかけてきたのは向こうからだものな。

待っててくれるらしいので、失礼してランタンに光を灯《とも》す。

姿を現したのは異形の人型だった。

背中ほどまである髪色はエメラルドグリーン。額からはイナゴのような触覚が生え、頭の半分ほどを深い緑色の装甲が覆っている。

胸と腰も同じ色の装甲で固め、背中からは四本の蜘蛛《くも》のような脚が伸びていた。蜘蛛の脚には赤色の目のようなものがあって、そいつがさっき俺が見た赤い光だったようだ。

身長は俺より頭一つ低くマリーと同じくらいだと思う。

二十代半ばほどの女に見えなくはないが、昆虫と蜘蛛と人を足して割ったような……どう表現したらいいか……昆虫人間とでも表現すればいいのだろうか。

「まずは自己紹介でも。俺はエリック。君は？」

『ワタシ？　ワタシはアリアドネ。アナタをマークしていたわ。縄張りに入ったでしょ？』

「あ。あの時感じた悪寒はアリアドネだったのか」

『殺意は向けてないわよ。すみよんと一緒だったでしょ。アナタ一人だったら……』

「その先は言わなくていいよ」

すみよんがわけのわからないことを言っていたが、彼とアリアドネなる異形はお友達か何かか？

東の渓谷全域なのか一部か分からないけど、一歩でも入ると危険だったのは彼女の縄張りだったから。

しっかし、あの時も今も殺意を向けてなくとも、これほどの「圧」なのか。規格外過ぎてもう何が何やら。

ワオキツネザルの言葉と合わせると、彼女は意識を向けた俺以外には気配を悟らせずにここまでやって来た。

ただし、すみよんは除く。

本来なら気が付いて対処してくれそうな「酔うとぽんこつでえす」は、ぽんこつ状態で役に立たなかった。

『アナタの縄張りに入ろうとは思ってなかったの。だけど、つい、どうしても食べたくなって』

「お、俺はおいしくないぞ」

『アナタを食べてどうするのよ。ワタシ、肉は好きじゃないの』

「そ、そうか。それならいいんだ」

『アレ、食べさせてくれない？　お礼はするから』

「アレ……って何だろう」

『アナタが食べていたでしょ』

ん？　ええと……。

「納豆きのこパスタ」のことかな？

殺意がないのは分かった。お代もお礼としてくれると言う。

それに彼女はわざわざこの時間まで「待って」から姿を現した。一応、俺以外の人に気が付かれぬよう気を遣ってくれている。

悪い人（？）ではないのかな、と思う。

あと、このプレッシャーは俺の心身に良くない。故に食べてもらってさっさとお帰りいただくとしよう。

「作るよ。ここに持ってこようか？」

『ありがと。待ってるわ』

「あ、あとは、圧を何とかできない？」

『あら、案外恥ずかしがり屋なのね。アナタを視《み》ていたのがそんなに恥ずかしかった？』

「ま、まあそうだな……」

視るとかってレベルじゃねえよ！

と叫びたかったがグッと堪《こら》える俺であった。

「ふんふんー」

アリアドネからの圧が消えたので足どり軽くキッチンへ。

料理をしていると、自然と鼻歌が出てくるよね。

あとはたっぷりの納豆を載せてっと。

「できた。んじゃ、持っていくか」

あの時は何も考えてなかったけど、俺の自室に持っていくことにして良かったよ。

一階はマリーを含め、宿泊客にも出会う可能性があるんだよね。

理由は難しいことではない。トイレが一階にしかないから。二階にも、できれば個室ごとにトイレを完備したいところなのだが、なかなか難しい。

俺もマリーも大工ではないし、簡単な工作くらいならできなくはないけど配管までとなるとお手上げだよ。

ん？　大工……何か忘れているような……。

おっと、うだうだ考えている場合じゃない。せっかくの納豆きのこパスタが冷めてしまう。

「お待たせ」

ぐ、さすがに目の前に来ると威圧感があるな。

アリアドネのすぐ隣でちょこんと座っているすみよんは大物過ぎる。

熱々の出来立てをベッド脇のテーブルに置くと、すみよんがくんくんとにおいを嗅《か》いでひっくり返った。

長い尻尾《しっぽ》もでろんと伸びている。

「なんですかあ、これはー」

「納豆きのこパスタだよ」

「酷いにおいでーす」

『そうかしら。悪くないわ』

そうだろう、そうだろう。アリアドネとは全く相容《あいい》れないと思っていたけど、納豆に関しては至極同意である。

一方ですみよんは尻尾をパタパタさせ不満を露《あら》わにしていた。

「温かいうちに食べてくれ」

『いただくわ』

アリアドネはフォークを手に取ると、口元が耳まで裂けた状態で、喉《のど》の奥をギギギギと鳴らす。

蝋《ろう》を塗りたくったような肌は遠目だと人間の肌に見えなくもないが、近くで見ると独特である。

背中から生えた蜘蛛の脚が微妙に動いている方が断然気になるけどね。

『うーん。ニンゲンの使う食器はやはり合わないわ』

そう言ってフォークをテーブルに置くアリアドネ。

蜘蛛の脚が皿を掴《つか》み、耳まで裂けた口を開いたかと思うとパスタを全て口の中に納めてしまった。

『ニンゲンもワタシたちの口に合うものを作れるのね。料理なんてしたことがなかったけど、調理をするとこれほどおいしくなるのね』

「あ、うん」

『ニンゲンは顔の表情で感情を示すのでしょう？　ワタシには表情が理解できないわ』

「おいしいと言ってくれて嬉《うれ》しい」

アリアドネがギギギギと喉の奥から木をノコギリで切った時のような音を鳴らす。

怖気《おぞけ》が走るが、きっと彼女にとっては愉快なことを示す感情表現なのだろう。

表情が分からないことは幸いだ。だって、俺の顔は思いっきり引きつっているのだから。

『豆はあまり食べないのだけど、悪くないわね』

「普段は何を食べているんだ？」

『キノコが多いわ。いろんな種類を育てているのよ。ワタシは食べないけど、肉が好きなものもすみよんのように果物がすきなものもいるわよ』

「へ、へえ。縄張りの中にはアリアドネ以外の仲間もいるんだ」

『いるわよ。勝手に押しかけちゃった形だけど、アナタのことが気にいったわ。今度はワタシがアナタを縄張りに招待するわ』

「考えておくよ……」

『あはは。ニンゲンってシゴトだっけ？　何だかせかせかしているものね』

そういう意味じゃなかったんだけど、勘違いしてくれたのなら幸いだ。

あんな恐ろしいところに進んで行くわけないだろお！

「一つ聞きたいのだけど、いいかな？」

『なあに？』

「縄張りに入った人でもモンスターでも、偶然かそうじゃないかって分かるものなの？」

『分かるわよ。敵意があろうが、無かろうが、アナタのようにたまたま足を踏み入れてしまった、とか』

「そうなんだ。偶然入ってしまって、慌てて出た人でもやっぱり？」

『もちろんよ。招かれた者以外のありとあらゆる侵入者は排除するわよ。だけど、ワタシたちだって慈悲はあるわ』

「おお？」

『偶然の場合は殺さず、無力化するだけに留めているわよ』

あれって無力化なのか……。アリアドネが言う「無力化」って先日宿に担ぎ込まれた犬頭のリーダーの麻痺《まひ》のことだよな？

彼らは東の渓谷にうっかり踏み込んで、何者かもわからない相手から攻撃を受けたって言っていた。

彼女たちの麻痺は解毒剤だと解除されないし、生半可なヒールじゃまるで効果がない。

冒険者たちはリーダーだけが麻痺を受けたから安全圏まで引き返せたものの、自然に解除されることのない麻痺を受けて転がったままなら……その後のことは想像に任せる。

東の渓谷へ入らないよう、重々注意するくらいしか俺にできることはなさそうだ。

彼女たちに考えを変えろ、なんて言うつもりはない。

俺たちには俺たちのルールがあり、彼女らには彼女らのルールがある。

英雄なら彼女たちに考えを改めさせようとするのかもしれないけど、彼女たちがルールを変えることで何かメリットがあるのか、と考えると疑問が浮かぶ。

人間を襲うのは悪い事。

それは、人間の側から見た一方的な意見である。彼女らから見たら、家に不法侵入した不届き者を成敗した。

成敗しなければ、また家を荒らしに来るかもしれない。舐《な》められるとより多くの者を家に引き寄せてしまう。だから、断固たる処置をとる。

まあ、理由あってのことだと分かるので口出ししない、それだけだよ。

『お料理のお礼をしなきゃね。アナタの巣に勝手に入っちゃった分も』

「いや、お互い様だってことで。君は君の縄張りに入った俺を見逃してくれたからさ」

『それはすみよんと一緒だったからと言わなかったかしら』

「聞いたよ。だけど、まあ、おいしく食べてくれたのだったらそれでいいんだ」

『あはは。おもしろいニンゲンね。キノコ……は今持ち合わせていないから、糸でどうかしら』

ギギギと喉の奥を鳴らしたアリアドネが手のひらから勢いよく糸を出す。

『これ、使っていい？』

「うん？」

何を使うのだろうと思っていたら、アリアドネが窓から蜘蛛の脚を伸ばして木の枝を取ると、その枝に糸が巻きついていく。

あっという間に一着くらい服がつくれそうなほどの糸巻きが出来上がった。

「ありがとう」

『この糸は燃えないのよ』

「これってまさか。アラクネーの糸？」

『さあ？　詳しいニンゲンに聞いてみなさいな、蜘蛛の糸よ』

やっぱりアラクネーの糸だよな。

冒険者時代に東の渓谷でしか取れない糸の話を聞いたことがある。

その名はアラクネーの糸。

希少なことや耐火性能なんてものを措《お》いておいたとしても、この糸は素晴らしい。

この糸さ、絹にそっくりなんだよ。

絹糸は街でも見たことが無いし、アリアドネからもらった糸を使えば絹製品が作れそう。

何を作るかなあ……。

シルクで想像するものって、まず第一にチャイナドレスが浮かんでしまう。

マリーがチャイナドレスを着た姿を想像し……チャイナドレス似合いそうだな……。

◇◇◇

アリアドネが来襲してから数日経過した。

宿屋は変わらず好調で常連さんも増えてきたんだ。

「あれ、冒険に行かないの？」

「今日は休暇だ。それに街で休むより『月見草』から動いた方が目的地も近い」

「もう、ライザったら、素直じゃないんだから」

堅物のライザに軽い調子で朗らかに笑うアーチャー……ではなく、スカウトだったテレーズ。

二人ともちょくちょく宿に顔を出してくれる冒険者で今ではすっかり親しい間柄になっている。

宿泊者用の浴衣も気にいってくれたらしく、二人とも宿に泊まった時には身に着けてくれていた。

「私はだな、単にここから次の目的地が近いから、『月見草』に来たわけであってだな……」

「またまたー」

まだ言い合っている。二人の仲の良さが窺《うかが》えるってものだ。

そういや、ライザ・テレーズコンビも俺と親しいゴンザ・ザルマンコンビも種族が人間だな。

廃村の住人は当初から二人増えていて、俺たちより先に住んでいたコビトたちもいる。

マリーは猫の獣人で、職人のポラリスはノーム。そして、酔っ払いこと赤の魔導士は狸《たぬき》耳で、人間は俺だけだった。

だからといって思うところは何一つないわけなのだけど、珍しいなとは思っている。

かつて俺が住んでいたキルハイムの街に行けば人間が七割以上を占めるのだ。

そう考えると今の人口比率は珍しい。

……なんてことを考えながらも、椅子に座って休んでいるわけではなく、キッチンで手を動かしていた。

「マリー。一旦《いったん》休憩にしないか？　おやつタイムにしよう」

「嬉しいです！」

畑に水をやっていたマリーを窓越しに呼ぶと、猫耳をぴくんとさせ元気よく彼女が応じる。

「ま、まあ、湯に浸《つ》かることができるし、筋肉痛があったとしてもすっかり良くなる。疲労回復にはもってこいだな。娯楽はないが、休暇を過ごすには悪くない」

「確かにー。冒険者にとって疲労回復は超重要よねー。でも、ライザなら普通に寝たら元気になるんじゃないのー」

「まだ同じことをやっていたのか。おやつでも食べないか？」

いつもの調子で会話をしている彼女らに口を挟む。俺が持ってきた皿に釘付《くぎづ》けになるライザを見つめながら、にいいっと笑った口元に手をやるテレーズ。

そんな彼女に対し、顔を真っ赤にしながらもすました顔をするライザであった。

ライザは食べ物も楽しみだったのか。別に隠すことでもないと思うんだけどな。宿屋の食事を気にいってくれていると知れたから、素直に嬉しいし。

「エリックくん、とても綺麗《きれい》なデザートだね。透明なゼリーだから、鮮やかなオレンジが浮いているみたい！」

「だろだろー。一度作ってみたかったんだよね。たっぷりと水あめを混ぜているから甘いぞ。オレンジのものはビワというんだ。野山で見つけて熟すのを待ってたんだよ」

「すぐ食べたいところだけど……看板娘さんを待たなきゃね！　ね、ライザ」

「何故、そこで私に言うんだ……」

「なんとなく？」

「全く……」

腕を組み小さく首を振るライザに対し、「あはは」と笑うテレーズ。

二人の様子は本当にリラックスしているのだなと見て取れた。

彼女らだけでなく、宿泊客がこうして宿に逗留《とうりゅう》してゆっくり過ごすことのできるような設備も増やしたいところだよな。

廃村じゃ観光するところなんて無いし。

パン焼き体験とかするか？　いや……体験系はこの世界だとどうだろうか。

冒険者ならともかく、街で住む人なら毎日とは言わないまでもちょこちょこ自家製パンを作っているとと思うし……。

陶器を作る体験とかならいいかもしれない。ポラリスと相談するのもいいかもなー。

そんなことを考えていると、息を切らせたマリーが到着し、目を輝かせる。

「お待たせしましたー。はああ、とっても綺麗なおやつですね！　食べちゃうのが勿体《もったい》ないです！」

「今回用意したおやつは『ビワゼリー』だよ。それほど手の込んだものじゃなく、ビワを丸ごとゼリーで包んでいるんだ。好評だったら、今後もおやつとして出すかも」

って説明をしていたら、三人とも既にビワゼリーに口をつけ始めていた。

俺も無言で手を合わせ「いただきます」とボソッとつぶやき、フォークを手にする。

プルンプルンのゼリーにすっとフォークが入っていく。さほど力を入れずともビワの実にもフォークが通る。

ほ、ほおお。

甘いゼリーとこれまた違った甘さのビワのコントラストが良いぞ。

甘いものに飢えているから、余計においしく感じる。

「これは……是非とも宿の部屋菓子として出して欲しいものだな」

「甘いのにとってもさっぱりしていて、おいしいよ、エリックくん」

冒険者二人も気にいってくれたようだ。

マリー？　マリーは聞かなくても分かる。幸せいっぱいの笑顔に尻尾《しっぽ》がご機嫌に揺れ、猫耳がピンと立っているのだから。

「お邪魔します。おや、冒険者のお二人もいらっしゃったのですね、ちょうど良かったです」

噂《うわさ》をすれば何とやら。やって来たのは廃村の住人のうちの一人である職人のポラリスだった。

「ちょうど良かった。おやつを食べていたところだったんだ。ポラリスも食べる？」

「ありがとうございます！　エリックさんの作るお菓子はとてもおいしいので楽しみです」

「すぐ持ってくるよ。座って待ってて」

「はい」

ポラリスがちょこんと椅子に座り、持ってきた大きな袋を床に置く。

「お待たせ」

「美しいお菓子ですね。ではさっそく」

おいしいと何度も口にしつつビワゼリーを完食したポラリスが用件を告げる。

「先日、持って帰らせてもらった革の腰巻ができたので持ってきたんですよ。冒険者さんもいらっしゃるので見てもらえませんか？」

「おおお、是非是非！」

そうだった、そうだった。

ポラリスに剣道の垂のような腰巻を作ってもらっていたのだ。

布の包みを開くと革の腰巻が出て来た。依頼通りであるが、見事な麻の葉のデザインが素晴らしい。

考案はしたけど、俺じゃ革にこれほどの刺繍《ししゅう》をするなんて無理だ。

「可愛《かわい》い！　スカートの上に装着するのかな？」

真っ先に喰《く》いついたのはテレーズだった。

彼女のような軽装の冒険者用に考案したものだったので、しめしめといったところ。

◇◇◇

「ほ、ほほほ。ぷるぷるだね、ぷるぷるだね」

「は、はい。そ、そうですね」

「（お代は）これで足りるかね。ぷるぷるしておるね」

「多すぎです」

平和な宿の昼下がりが一変して異様な空気に包まれた。

静寂を打ち破ったのは六十歳を過ぎたくらいの変な錬金術師ことグレゴールである。

彼は金縁のゴーグルにオレンジのスカーフ、更に白衣の下が素肌と見た目が風変わりなのだが、仕草もぶっとんでいる人なのだ。

最近、お昼の時間に多少なりともゆったりした時間が取れる日が出てきたんだよね。

商人のグラシアーノからの仕入れ、畑や家畜の世話、料理の下準備などやることは変わってない。

しかし、採集に出かけていただろ？　野山に向かう探索がカブトムシことジャイアントビートルによって一回で大量に持ち帰ることができるようになってね。

かつ、ジャイアントビートルは馬より速いから行動範囲も増えて、採集にかかる時間が格段に短くなった。

難点は未《いま》だにマリーがジャイアントビートルを怖がっていることとくらいかな。

自称天才錬金術師のグレゴールが来てからいつの間にかポラリスと冒険者二人はいなくなっているし、マリーはおやつタイムの後に再びヤギたちの世話に行ってしまった。

俺一人でこの変な人の相手をしなきゃならないのだ。お客様であるので無下にするわけにもいかないからな。

それに確か彼はパリパリする水飴を作っていた。変だけど腕は確かなはずなので、超細く長いお付き合いをした方がいいんだよね、多分。

打算とかは俺に似合わない。なるようになるさ、ははは。

彼は変なだけで、別に俺やマリーにとって害になるわけでもないもの。

俺の内心など推し量りもしないグレゴールは、ビワゼリーをプルプルさせて「ほ、ほほほ」と声を出している。

目がランランと輝き、不気味ったらありゃしない。

そっとお釣りをテーブルに置き、キッチンで皿洗いでもする体でさりげなく彼の席から離れようと……。

「エリックくん。場所はどこでもいいかね？」

「場所……？　あ、工房ですか？」

まさか本気だったとは。確かにグレゴールは工房を作ると言っていた。

それならそれで、俺も彼に頼みたいことがある。

どこがツボにハマったのか分からないけど、背骨が折れそうなほど背を反らしたグレゴールはカクンと元の体勢に戻った。

怖いって……。

「そうとも、そうとも。ほ、ほほほ。すぐに大工を連れて戻ってきたんだよ」

「そうなんですね、場所は広場を挟んで反対側がいいんじゃないかと」

「ふむふむ。そうだった、食材はまだあるかね？」

「まあ、それなりには」

「是非とも君の手料理を外の者たちにも振舞ってもらえないかな。今のぷるぷるだけでも問題ないとも」

「おやつ程度でいいってことですか？」

「一応、食材を持ってきているからね。ほ、ほほほ」

そう言って突如立ち上がったグレゴールはビワゼリーを吸い込み、完食する。

もうどこから突っ込んでいいのか。俺は無になることを決めた。

そして外に行くのかと思いきや、ずかずかとキッチンに向かっているじゃないか。

「そこは従業員専用になってまして」

「そうだったか。この前振舞ってくれた『焼きおにぎり』、あれは発酵した何かを使っているはずだ。そうだね？」

「確か大根の浅漬けと焼きおにぎりには味噌《みそ》を塗っていた……と思います」

「ほ、ほほほ。発酵は素晴らしい。この天才錬金術師魂を揺さぶると思わないかね？」

「あ、はい」

「そうかね。ほ、ほほほ。発酵……チーズやヨーグルトは我々にとって大発見だったことだろう。しかし、しかし、しかああし、発酵の魅力はそれだけではない」

何か語り出したけど、全部右から左だよ。

キッチンの物に触れたりはしないぽいし、このまま喋《しゃべ》り疲れるのを待つとしようか。

「エリックさん。エリックさんー」

「……。マリー、餌やりは終わったの？」

再び無になっていたら、マリーに声をかけられて意識がこの世に戻って来る。

対する彼女はコクリと頷《うなず》き、笑顔で籠《かご》を掲げる。

「卵も持ってきました」

「ありがとう。あの変な人は……一体何をしているんだろうか」

「あの藁《わら》って……」

マリーの細い眉《まゆ》が思いっきりハの字になった。

グレゴールがくんくんにおいを嗅《か》いでいるのは納豆の入った藁だな。

「発酵！　発酵かね、これも。腐っているように思えるが、これも発酵……？」

「食べ物です。俺は気にいっているんですけど、あまり受けが良くないです」

「そうかね。こいつを食べさせてもらってもいいかね？　お、こっちは、瓶に……これは大豆を発酵させているのだな」

「それは、中々うまくいかなくて。調味料を作ろうと思ってます」

「ほ、ほほほ。近い味の調味料はあるかね？」

「味噌だまりといって、焼きおにぎりに塗ってもおいしいですよ」

「ふむふむ。少し味見をさせてもらえるかね？」

「納豆ですか？　それとも味噌だまりを？」

「調味料の方を頼めるかね」

本人が真剣なのは分かるのだけど、金縁のゴーグルを忙《せわ》しなく動かすのが気になって仕方ない。

なんか発酵食品に詳しそうだし、味噌だまりを小皿に少し垂らしてグレゴールに差し出した。

すると彼は手の甲を皿に向け、小指の爪を味噌だまりにつけちゅぱちゅぱと味見する。

「なるほおおどおおおお。こいつは確かに良いものだね。だね？」

「あ、はい」

顔が近い。怖いってば。

唾《つば》が飛びまくって、顔がしめる……。

「よおおおし。この天才に任せたまえ。錬金術でちょちょいと作ってみせようじゃないか」

「錬金術で発酵を？」

「発酵は自然に任せるしかないとも。しかし、錬金術があれば、味の調整をすることができるのだよ。おそらく私にしかできないだろうがね」

「発酵は魔法で、なんですかね？」

「発酵を魔法で代替できるのかね！」

お、おっと……つい、発酵の魔法はスフィアオリジナルだということを忘れていた。

この人のあまりの変な勢いにもう頭の中が大混乱で、どうにもこうにも。

「で、できたらいいなあって……」

「できないのかね！　残念だ、残念だ。大豆ならば、持ってきていたはずだ。そうだね、一週間ほど待っていてくれたまえよ」

背骨が折れそうなほど背を反らしたグレゴールはふわりと元の体勢に戻り、額にあった金縁ゴーグルを下にずらす。

そして、止める間もなく宿屋から走って出ていってしまう。

「え、えええ……納豆とか大工の人への食事とかどうするんだ……」

「外に出てみましょうか」

呆気《あっけ》にとられる俺にさすがのマリーもため息が出そうになっているようだった。


「普通だ……」

「大きな馬車ですね」

「大工を連れて来たと言ってたけど、どうするつもりなんだろう」

「木材も積んでいるんでしょうか？」

自称天才錬金術師はどこへ行ったんだろうか。

外に出て広場まで行くと、馬車の一団が荷物のチェックをしていた。

テキパキと作業をこなしている筋肉質でよく日に焼けた男たちはグレゴールの情報によると大工たちで間違いない。

俺たちの姿に気が付いた中学生くらいの男の子が、奥で作業をする中年の男に声をかけている。

すると、はち切れんばかりの肉体を持つ頭頂部が寂しいことになっている男は大柄な体を縮こまらせ会釈をしてきた。

同じように会釈をして、彼に近寄る。

「こんにちは。そこの宿屋を経営しているエリックです」

「ご丁寧にどうも、俺はアブラーン。今回の一団のリーダーを任されています」

「よろしく」とお互いに握手を交わす。

挨拶《あいさつ》が終わると彼は渋い顔をして尋ねてきた。

「グレゴール様からそちらに訪問すると聞いていたんですが、お伺いしておりませんでしたか？」

「突然飛び出して行ってしまって……。連れてきた大工さんたちに軽食を届けて欲しいと依頼されたんですが……どうにもこうにも」

「なるほど、グレゴール様らしい。しかし、ここは街の中ではありません。モンスターに襲われでもしたら事です」

「確かに……」

「おい」とアブラーンが呼びかけると、仲間の大工たち数名が走り出す。

あの変な錬金術師に振り回されたストレスで彼の頭が寂しいことになってしまったんだろうか。

俺の表情を別の意味で捉《とら》えたらしい彼は胸をポンと叩《たた》き、白い歯を見せる。

「ご安心ください。大工のみが本業のものもいますが、戦いの心得がある者が数名いますのでモンスターに遅れをとることはありません」

「そ、そうでしたか」

違うことを心配していたなんて言えるわけがない俺は曖昧《あいまい》な笑みを浮かべるしかなかった。

彼の言うように警備も柵《さく》もない廃村ではモンスターと遭遇する可能性がある。

だけど、廃村の中でこれまで一度も危険なモンスターに出会ったことがないんだよね。

なので廃村の中にいるのだったらまず大丈夫だと思う。休息している冒険者もいるだろうし、テレーズたちもこの辺を散歩しているはず。

「あ、あの……マリアンナと言います。みなさんは全部で何人いらっしゃいますか？」

マリーは職務のことを忘れていなかった。

遠慮がちではあったが、ちゃんと聞かなければならないことを聞いている。彼女も随分と成長したよな。

フラフラとどこかをうろついている錬金術師のことは放っておいて、俺は俺の仕事をすることにした。

彼らは全部で十五人もいる。これだけの人数を連れてくる錬金術師って何者なんだろう。

大繁盛している錬金術工房で数店舗を抱えていて……そのオーナーがグレゴール？

ないない。彼は商売に興味があるようには見えないもんな。

自分の作りたいものを作って満足する、そんなタイプだよな……これまでの彼の行動を見る限り。

特許をいくつも持っていて、その収入が、という線もない。

理由は簡単で、以前住んでいたキルハイムの街があるキルハイム領はもちろんのこと王国でも特許という考え方自体がないんだ。

門外不出で何らかの部品を提供していたりする職人はいるそうだけど。

「何にしようかな」

キッチンに戻った俺はせっかく廃村にまで来てくれたので、ここでしか食べられないものをと考えた。

なので、ご飯を炊いているわけだけど、焼きおにぎりじゃ芸がない。

お、そうだ。手が汚れてしまうかもしれないけど、食器を使わずに食べられるものがあったじゃないか。

イノシシ肉にショウガに似た香草と縦に長く切ったタマネギを加え、炒《いた》める。味噌だまりを絡めてっと。

お次は炊きあがった米を平たくして焼く。うん、いい感じだ。

そして、レタスで先ほど作ったイノシシ肉炒めを包《くる》んで、平たくして焼いた米を上下に重ねる。

簡単だけど、完成！

「おいしそうです！」

味噌と肉の匂いに尻尾《しっぽ》を上下に揺らしたマリーが満面の笑みを浮かべた。

「俺たちやライザたちの分も作っちゃおう」

「楽しみです！」

本当にいい笑顔をするよな、マリーは。

こっちまでつられて笑顔になれちゃう魅力が彼女にはある。

看板娘に相応《ふさわ》しい資質を彼女は備えているのだ。

「マリー、出来上がったものをそこの葉っぱで包んでもらえるかな」

「はい！　さすがエリックさんです。これならお皿無しで食べることができますし、外で食べる時に手間なく食べることができますね！」

「ちょうど材料があったから、これでいこうと思ったんだ」

「お料理の名前はなんて言うんですか？」

「ライスバーガー、にしようか。お弁当として売り出してもいいかも。それなら量を増やさなきゃ、かな」

「冷めてもおいしそうです」

完成し、マリーと手分けしてアブラーンたちの下へライスバーガーを葉で包んだ一品を運ぶ。

手が汚れるなど何のその、みんな貪《むさぼ》りつくように無言でライスバーガーを完食してくれた。

初めて食べるだろう米の味への反応は不安であったが、彼らの反応を見るに好評なようで何よりである。

「パンとはまた違ったおいしさですね！　こんな食べ物があったなんて驚きました！」

アブラーンの言葉に周囲にいた大工たちも「おいしかった」「うまかった」など言ってくれて、じーんと来た。

これぞ料理人冥利《みょうり》に尽きるってやつさ。いや、俺、料理人じゃなくて宿屋の主人なんだけどね。

回復術師になったのだって、こうして笑顔を見たいなって思ったことも理由の一つだ。

俺は人が喜んでくれる姿を見るのが好きらしい。

と今更ながら思うのであった。

さて、戻ってライスバーガーをマリーと食べるとするか。

あ、迷子の錬金術師だが、俺たちがライスバーガーを届けた時には発見されていて、馬車の中で何やらブツブツ呟《つぶや》いているとアブラーンから聞いた。

怖いってば……。

「一体何をしているんですか？」と彼に聞く勇気のある者はこの場にいなかった。もちろん、俺もね。

第二章　北の湖まで散歩

遠くから釘《くぎ》を打つ音が聞こえてくる。どうやら錬金術工房の建築工事が始まったようだ。

大工たちのリーダー・アブラーンから廃材を使っていいか聞かれたけど、俺のものでもないし「自由に使っていいんじゃないかな？」と答えておいた。

ポラリスも廃材を使って一軒家を改装していたし、彼も否とは言わないだろう。

もう一人の住民である赤の魔導士こと酔っ払いスフィアは廃材を使わないから聞くまでも無い。

といっても彼女の住む家は彼女が何かしたわけではない。

彼女の住む素敵な丸太ハウスはビーバーたちが一日で作ってしまった逸品である。敢《あ》えて言うならビーバーに「お願い」をしたすみよんの貢献かな。

最近、メタリックブルーに輝くカブトムシことジャイアントビートルの厩舎《きゅうしゃ》も増築された。

そんなわけで、現在の住人が廃材を使うことに関して特に何かを言う状態ではなかったから、問題ない。

「これは……手軽に食べることができてうまい。更に腹にも溜《た》まる！　明日の昼用に作ってもらえないか？」

「分かった。明日早くに出るんだっけ？」

宿屋に戻ったら丁度ライザとテレーズが帰ってきたところで、すぐに食事にしたんだ。

そして今、ライスバーガーを完食し丁寧に口元を拭《ぬぐ》うライザから依頼が入ったところである。

材料もまだあるし、ついでだから俺とマリーの分も作ろうかな。同じ具材だと芸がないので、違うものにしよう。

頭の中で材料の計算をしていたら、ふと顔をあげたライザが尋ねてくる。

「そうだ、エリックも来るか？」

「いや、俺は……。どの辺まで行くんだ？」

「北の湖だ」

「おお、北の湖か！　何か食材やらが見つかるかもしれないな。俺もついていって大丈夫なの？」

「問題ない。エリックは弓も扱えるし、それほど強いモンスターはいないからな」

「へえ、そのうち行ってみようと思ってたんだよ。冒険者たちから北の湖について聞いたこともあったからさ」

「ギルドの難易度的にも高くない。湖の中に潜らなければ」

その言いようだと潜るとヤバいのが出て来るかもしれないってことか。

水中は体の動きも鈍くなるし、息も続かないしで、陸上で戦うようにはいかない。弓も長柄の武器も使えないからさ。

そもそも水中のモンスターを倒すとなれば陸上より数段階難易度が高くなるものなのだ。

攻撃魔法の種類次第では逆に陸上より狩りやすいとも聞くけど……ライザもテレーズも攻撃魔法

を使うことができない。もちろん俺も。

なので、攻撃魔法で何とかする線は彼女も考えていないだろう。

……水中戦前提みたいに考えていたけど、潜るとは言ってないな。早とちりはいけないぞ、俺。

遅れてライスバーガーを食べ終えたテレーズが口元のご飯粒を摘《つ》まんで口に運ぶ。そのまま指を口元にあてた彼女が上目遣いになり、唇をすぼめる。

「エリックくん、宿を空けて大丈夫なの？」

「ん？　どういうこと？」

「北の湖に到着してすぐ引き返しても、一日で行って帰ってこれないよ？」

「それなら心配ない、とっておきがあるんだよ」

親指を立てると横で俺たちの会話を聞いていたマリーの尻尾がぶわっと逆立った。

一方でテレーズは両手を顔の前で合わせてワクワクしたように言葉を続ける。

「とっておきって何かな、楽しみー」

「はは、明日にお披露目するよ。三人でも平気だぜ」

「馬車じゃ、道がしんどいよ」

「馬で行けないような悪路でも平気なんだぞ」

「へええ、すごい、いつの間にそんな騎乗生物を」

「見たら驚くぞ」

にこっと笑顔を向けるとマリーが冷や汗をかきながら、目を泳がせた。

彼女と異なり、二人は冒険者だ。毛嫌いされることもないだろうし、むしろ驚くべき性能に感動してくれるはず。

「あ、マリー、後片づけを任せていいかな？　ちょっと大工たちのところまで行ってくるよ」

「はい！」

「料理の仕込み時間までには戻るよ」

「行ってらっしゃいませ！」


翌朝、出立の準備をしているとアブラーンと最初に俺たちに気が付いたツンツン頭の中学生くらいの男の子がやって来る。

「高価な付与をかけてくださり、ありがとうございました！」

「すげえよ！　兄ちゃん！　全然疲れないんだ！」

「お近づきの印に、と思ってのことです」

アブラーンと男の子が感謝の意を伝えてきたが、「いえいえ」と小さく首を振って応じた。

せめて肉体的には元気になってもらいたいと思ったんだよね。大工たちはアレ《グレゴール》の指示で動くんだろ。

そっちはどうしようもないから、さ。

アレ《グレゴール》と会話しているとどれだけ疲労するか身をもって体験しているから。あと、俺のお願いもやりやすくなるかもという打算もある。

あの後、大工たち全員の服にヒールをかけたんだ。俺自身も服にヒールをかけると、大幅に疲労を軽減してくれることを身をもって知っている。

効果覿面《てきめん》だったようで、こうして朝から二人が訪れてくれたというわけだ。

「グレゴール様もいたく感謝しておられました」

「そ、そうですか」

「主《あるじ》からエリックさんの宿屋で『何かお手伝いできることがあれば、手伝ってこい』とも申しつけられております。工房の建築が優先とはなりますが、大工仕事の用命がありましたら是非」

「本当ですか！　もちろんお金は払います。やっていただきたいことがあるんです。どれほど工数がかかるのか素人なもので分からないのですが……」

マジか！　マジか⁉　まさか向こうから申し出てくれるとは望外の喜び‼

「できるかどうか聞きたいのですが、三つの客室全てにトイレを用意できないかと思ってまして……」

「なるほど、魔道具はお持ちではないですよね？」

「持っていません」

「分かりました、魔道具を装着すれば稼働するところまで造らせて頂きます！　それくらいでしたら、キッドともう一人で二日ほど頂けますと」

「そんなに短期間で大丈夫なんですか？」

「はい、それほどの大工事ではありません」

お、おおおお！

ついに客室にトイレを用意できる日がやって来そうだぞ。

魔道具はグラシアーノに頼むか、カブトムシもいるから街までひとっ走り行ってきてもいい。

魔道具がお高かったら、揃《そろ》えるまで時間がかかっちゃうけど……。

「兄ちゃん、よろしくな。安心してよ。おいらはまだまだ見習いだけど、兄貴もついてくれるからさ」

「それは心強い、よろしくな、キッド」

アブラーンと入れ替わるようにして前に出てきた中学生くらいのツンツン頭の男の子――キッドと握手を交わす。

彼は俺の見立てだと十二～十三歳くらいに見える。種族は多分人間で、背丈こそ俺より低いものの袖《そで》から見える腕には年齢の割にしっかりと筋肉が付いていた。

前世の俺が見たら羨《うらや》ましがるだろうけど、今の俺は特に思うところはない。

今世の俺は元冒険者なんだぜ。それなりに体を鍛えているし、役に立たないからといってよく荷物持ちをさせられていたからな。

いや、むしろ率先して荷物持ちをしていたかもしれない。自分の役立たなさは自覚していたからね。

少しでもパーティの力になりたいと思ってさ。懐かしき哀《かな》しい記憶である……。

その甲斐《かい》あって、本職の前衛ほどとまではいかないものの後衛の魔法使いや回復術師《ヒーラー》に比べると力持ちになったんだぞ。体力もついたし。

それが宿経営でも大いに役に立っている。

筋肉は裏切らない。ははは……ごめん、自慢できるほど筋肉質ってわけでもないな。


「やっほー、エリックくーん」

「準備はできているか？」

両手を振りこちらに笑顔を向けるテレーズと右手を軽く上にあげ無表情のライザの姿がキッドの後ろに見えた。

おっと、もう出発の時間か。

も、もちろん、ちゃんと覚えていたぞ。今日は彼女らと北の湖の散策に出かけるってことを。

「ごめん、キッド。今日は先約があって、明日、アブラーンも連れて来てもらっていいかな？」

「うん、合間合間になっちゃうかもだけど、よろしくな！」

両手を合わせ彼に謝罪し、宿屋のことはマリーに任せ隣の小屋へ向かう。

「いってらっしゃい」と手を振るマリーの尻尾《しっぽ》が逆立っていたことは秘密である。

彼女は小屋の中にいるアレを未《いま》だに恐れているようだ。

「うわあ……」

「ほう」

小屋の中に鎮座するはメタリックブルーのカブトムシである。

ここでもテレーズとライザは正反対の表情を見せた。

「エリックくん、見て、私の腕。触ってもいいよ、ブツブツがすごい」

「鳥肌？　それっていい意味で？」

「そんなわけないじゃないー。私、あまり虫は得意じゃなくて。それにこの色。ギラギラしてて太陽の下だと目に痛そう」

「ほらほらー」と細い腕を俺に押し付けてくるテレーズに対し、ライザは腕を組んだままじっとカブトムシを凝視している。

「でも、ライザはそうでもないみたいだぞ」

彼女の口角が、僅《わず》かに上がっていたのを俺は見逃していない。

「と、特に思うところはない。空を飛ぶのか気になっていただけだ」

あからさまに動揺するライザに笑いがこみ上げてくる。

ここで突っ込むと怒り出しそうだから我慢することにして、カブトムシについて一応の説明をしておこうか。

「この生物は騎乗生物の一種で、ジャイアントビートルという種族らしい。とある友人がテイムしてくれたのを俺に譲ってくれたものだ」

「ほう、テイムされた生物なのか。テイマーにはまるで詳しくないのだが、このようなテイム生物もいるのだな」

「騎乗用だからバトルは難しいと聞いている。だけど、三人でも乗れるし、そこの下翅《かし》があるところあるだろ？　開いてみて」

「わ、私はパス。ライザ」

顔がひきつるテレーズに振られたライザであったが、言われる前に既にペタペタとメタリックブルーの外骨格に触れていた。

本来下翅がある外骨格の下の収納スペースに二人とも驚いた様子だ。

「結構積載量があるんだよ。背負子《しょいこ》四つ分くらいかな」

「それなら戦いに使えずともテイマーが連れて歩く価値がある」

「テイム生物に戦ってもらうタイプのテイマーには厳しいんじゃないか」

「そうだな。テイム生物に戦わせるタイプではなく、自分も戦えるタイプのテイマーだったらパーティ次第でかなり使えるぞ」

「うんうん」

「素晴らしい友人だな。冒険者時代の？」

「いずれ紹介するよ」

二人とも完全に人間かそれに類する種族と思っているよな。

俺が「彼」って言ったから、まあそうだろう。実はワオキツネザル……じゃない、ワオ族の変な喋《しゃべ》り方をする小動物だなんて想像すらしないはずだ。

たまに厩舎《きゅうしゃ》のところで寝ていることがあるのだけど、今日はいない模様。

わざわざスフィアの丸太ハウスを訪ねてすみよんを呼ぶのも迷惑だろうと思って。

彼女らは頻繁に宿屋に来てくれるからいずれすみよんと会うことになるはず。

夜ならすみよんを呼ぶことだってできるしな。その時はリンゴやらブドウやらを準備しなきゃだけど。

「こんなぞわぞわするモンスターが廃村周辺にいるんだね……」

「どうだろう。近くではないかもしれないけど」

げっそりした顔でテレーズが首を振る。

彼女は俺に受け応えしつつも、「えい」と指先でカブトムシの外骨格に触れすぐさま距離を取った。

「じゃあ。行こうか」

ひらりとカブトムシにまたがり、小さな突起を掴《つか》む。

俺の後ろにテレーズ、その後ろにライザという乗り方になった。

テレーズが嫌がる素振りを見せていたが、ライザに押されてカブトムシに乗り込んだので真ん中になったというわけさ。

カサカサと小屋から出て、大きく息を吸い込む。

「しっかりと掴まってくれよ。そう、しがみつくくらいに……ちょっと痛い……」

「だ、だってー、怖いでしょー」

「安心しろ、私が後ろからしっかり支えておいてやる」

テレーズの悲鳴なんぞ聞こえない俺とライザであった。

「さあ……振り切るぜ！」

俺の願いに応じ、カブトムシが加速する。

馬の加速力とは比べ物にならないのだ。なんせ足の数が六本だからね。

「は、はやいいいい」

「お、おお！　素晴らしい」

悲鳴と歓声が入り交じる。

だいたいの場所は分かっているので、近くになったらライザに方向を聞くとしようか。

カサカサ、カサカサとカブトムシが猛スピードで駆けていく。

あっという間に景色が流れ、どのような悪路でも六本の足でしかと大地を踏みしめカブトムシが進む。

◇◇◇

「凄《すさ》まじい速さだったな」

「も、もう、無理……」

ライザに抱えられるようにしてカブトムシから降りたテレーズはよろよろと膝《ひざ》をつく。

そのままペタンとお尻《しり》を地面につけて、両手を頭の上にやった。

彼女らなら馬車に乗ることにも慣れているので、乗り物酔いをすることはないと思ってたのだけどテレーズは違ったのかもしれないな。

「大丈夫？　こんな時こそ、この水だ」

「ありがとう」

持ってきた水筒をテレーズに手渡しする。

受け取るやゴクゴクと勢いよく水を飲んだ彼女はふうと息をつく。

水筒の水にはヒールをかけてあるのだ。飲めば乗り物酔いくらいであれば治療できるはず。

あ、そういや……。

「服にヒールをかけるのを忘れてたな」

「言われてみればそうだな」

ふむ、と腕を組んだライザは俺と待ち合わせした時からこれまでのことを振り返っているようだった。

「ジャイアントビートルのことでそっちに意識が持っていかれてたから、仕方ない」

「優しい君のことだ。テレーズが怖がっていたから心配していたんだろ。仕方ないさ」

「ライザはライザでジャイアントビートルに見とれてたけどな」

「そ、そのようなことはない」

全く。分かりやすいんだから。ライザってすぐに顔に出るよね。

彼女の様子を見たテレーズはくすりと笑い、俺に水筒を渡してきた。

「もうすぐそこだよ。ヒール付きのお水を飲んだら元気になった！　ありがとう、エリックくん」

「道案内を頼むよ。先頭を交代しようか？」

尋ねるとテレーズはブンブンと首を振る。カブトムシが嫌なだけじゃなさそうだな。

「私じゃ言う事を聞かないんじゃない？　馬と違ってテイム生物なんでしょ？」

「そうだった。俺が本職のテイマーなら一時的に譲渡とかできるかもだけど、テイマーの素養が全くないからな……」

「あはは、さっきまでのスピードじゃダメだよー。間違うことは無いと思うけど、もうちょっとだからね」

「分かった、方向だけ指示して欲しい」

テイマーの扱う生物をモンスターだろうが動物だろうがテイム生物と呼んだりする。

テイム生物はテイマーによって仲間になった使役生物のようなもので、テイマー本人の言う事を聞くようになるんだ。

伝え方は心の中で念じるか、声に出して命じると動いてくれる。ただ、ロボットと異なって生物だけに何でも言う事を聞いてくれるわけじゃないところが注意点だ。

中には全く言う事を聞いてくれない困ったテイム生物もいるそうであるが、それはそれで可愛《かわい》いんだとか聞く。俺には理解できないけどね。

テイマーであれば他の人にテイム生物を譲渡をすることはできるのだけど、譲渡された本人はテイマーのように細かい指示を出すことはできない。

ジャイアントビートルの場合はじっとしてて、とか、前に進んで、といった単純なお願いであれば俺でも聞いてくれる。

だけど、一時的にこの人からのお願いを聞いて、なんて複雑なことを指示することはできないんだ。

ほいっとテレーズに手を差し伸べたら、ちょうど同じタイミングでライザも彼女に向け右手を下にやっていた。

そんな俺たち両方の手を引っ張り立ち上がるテレーズ。

すっかり元気になったのか、軽やかに跳ね上がり「よっ」と地面に着地する。

その勢いに体がよろけるが、彼女の頭が当たり元の体勢に戻ることができた。もう一方のライザはさすがの体幹で、まるで体勢を崩していない。

俺も鍛え方がまだまだ足りないな。さすが本職の前衛は違う。

感心しつつも、いよいよ北の湖が目前となってきた。


「広い！　思った以上の大きさだよ！」

「私たちも初めて来た時には驚いたさ」

したり顔のライザに対しうんうんと大きく首を縦に振るテレーズ。

湖の岸辺はさざ波が立ち、向こう岸が見えないほど広い。空から見ないとどれくらいの広さか分からないのが残念なところ。

見渡す限りの水面ってのはこの世界に生まれ変わってから初のことだったので、感動だよ。

「ありがとう。しばらく休んでね」

ジャイアントビートルのメタリックブルーの角をぽんぽん叩《たた》き、上翅《じょうし》の下のコンテナからいくつかのフルーツを取り出す。

それらを彼の口元に置いてやると、むしゃむしゃと食べ始めた。

自分の餌も自分で持ち運んでくれる彼はとても優秀だよね。手間がかからなくて助かる。

見た目で嫌がる人もいるけど、俺はカブトムシのことをとても気に入っていた。

最初こそ「すみよんめ、なんてものを連れて来るんだよ」とか思っていたけど、大人しいし巨体の割には食事量も少なく、布で磨いてやるとギラギラしたメタリックブルーが自動車みたいで懐かしい気持ちにもなれるし。

「あ、あのお。エリックくん」

「大丈夫だって。噛《か》まないし。ほら、ジャイアントビートルはフルーツしか食べないだろ。肉は食べない」

自信を持ってポンと胸を叩くが、テレーズの顔は引きつっている。

ジャイアントビートルに向けて小さく手を振った彼女は冷や汗をかきつつ言葉を続けた。

「そ、そうだね。先に採集クエストをこなしてもいいかな?」

「俺も手伝うよ。採集したものはジャイアントビートルに積み込もう」

と言いつつ、雑草が邪魔でカブトムシが食べ辛《づら》そうにしていたのでサクサクっとナイフで雑草の根を切る。

ん。この草……気になって葉を摘まんで縦に傷を入れてみた。

葉の切れ口が藍色《あいいろ》になっている。

「どうしたの？」

「この葉っぱ、見てくれよ。ほら、藍色になってる」

「へえ。葉っぱって切ると緑色とかになるんじゃと思ってたけど、こんな色をしているんだね」

「いや、この葉っぱ独特の色なんだよ。これはアイだよ。藍色って知ってる？　青に似た色なんだけど」

「知ってる！　この葉っぱの汁で染めていたんだね」

「そそ。せっかくなので持って帰ろうかな」

「ポラリスさんが喜ぶかもしれないね！」

テレーズときゃっきゃしていたら、ライザに冷たく「そろそろ行くぞ」と言われてしまった。

しかし、彼女の言葉をスルーしてアイを集め麻袋に詰め込む。

これでおっけー。

「待たせた。採集ってどこで？」

「この付近だ。私の荷物を出してもらえるか？」

頷《うなず》く代わりにカブトムシの荷物スペースからライザのリュックを出して彼女に渡す。

ごそごそと彼女が取り出したのは網だった。

「魚でもとるの？」

「魚が引っかかることはあるが、目的は魚じゃない。潜ると確実なのだが、なるべく潜りたくないからな」

「へえ」

「網で引っかかればそれに越したことはない。うまく引っかかってくれるといいのだが」

肩を竦《すく》めたライザが網を持ち、岸辺に立つ。

ライザの邪魔をしないように、水でも汲《く》んでおくか。

「湖の水は飲めないよ」

「煮沸したら大丈夫かなって」

「しょっぱいよ」

「塩水なのか、この湖」

水を汲もうとしたらテレーズから待ったがかかった。

試しにペロリとしてみたら、塩気がある。

飲めなくはないけど、この水だと逆に喉《のど》が渇きそうだなあ。

海の水ほど塩分濃度は高くなく、汽水と表現すればいいのだろうか。この辺り、あまり詳しくなくてさ。

煮詰めて塩を取るには濃度が低すぎて無理そうだ、とだけ言っておくとしよう。

「エリック、テレーズ。その辺りは危ない」

網を構えたライザが自分の後ろへ動くよう顎《あご》で示す。

え、この場所でも……と戸惑う俺の腕をテレーズに引っ張られ移動した。

「念のためもう少し下がってくれ。よし、それでいい」

両手で網を掴み、腕を高く掲げるライザ。

そのまま腰を捻《ひね》ってグルグルと網を回転させ始めて、驚いた。

この網、一人で投げ網ができる大きさじゃないぞ。地球の俺の感覚で語るなら、五～六人の筋骨隆々の男たちが足並み揃《そろ》えて気合いと共に投げるくらいの大きさだ。

その上、網にはキラリと光る鋭い刃《やいば》らしきものまで取り付けられているじゃないか。彼女が「危ない」と言ったのはこれがあったからだな。

「戦士ってここまで力持ちなのか……」

「ライザは前衛の中でもかなり力持ちの方だよー。両手斧《りょうておの》でもブンブン振り回すくらいだもん」

テレーズよ。そのムスッとした顔はライザの顔真似《まね》なんだろうか。笑いそうになったじゃないかよ。

さすがに真剣に網を投げようとしている彼女の前で笑うわけにはいかぬ。

「へ、へえ、そうなんだ。テレーズはそんなことないよな」

「私の腕がそう見えるのかな……？」

「いや、腕だけじゃなく体が華奢《きゃしゃ》だし、俺の半分くらいの筋力なんじゃないかって」

「それは言い過ぎだよ。私だってスカウトだけど、一応弓を使うんだからね。エリックくんの使っている弓より力がいるものを使っているんだぞ」

バンバンと叩かれた腕が結構痛い。

テレーズはぽわぽわしている人懐っこい人だな、と思っていたけど怒らせない方が良さそうだ。

下手したら骨が折れるぞ。

もっと注意深く街の商店街を見ておくべきだった。グラシアーノに聞けば一発で分かるけど、ずっと街に行ってないし、たまには息抜きにマリーと街へ繰り出すのもいいかもしれない。

ずっと宿経営ってのもアレだしさ。ほら、会社には慰安旅行ってのがあるだろ？

俺がたまのリフレッシュをしたいだけだというツッコミは聞かないぞ。

正直な話、元々冒険者だったわけじゃないか。冒険者は依頼を受けいろんな場所へ行く。

仕事で色々な場所に行くことができるってのも、俺が冒険者を目指した理由の一つだ。せっかく宿を離れるのだったら、別の街に行ってみようかな。

カブトムシがいれば、遠くの街でもさほど日数をかけずに到着できる。

問題はマリーがカブトムシを怖がっていることか。よし、近く彼女をカブトムシに乗せて、慣れてくれるかどうか観察してみよう。

「嫌ですうう」となるかもしれないけど……その時はその時だ。

ブウウン。

風を切る物凄《ものすご》い音と共に網が湖面に着水し沈む。

ゴリラ……じゃなくライザはすぐさま網を引き始めた。

「そのまま引っ張ると湖底を引《ひ》っ掻《か》かないか？」

「それが目的なんだよ。分かってないな、エリックくんは」

「ほほお、テレーズ先生はお分かりになると？」

「そうだよ、褒めてくれてもいいよ、ふふん」

「無い胸を張られても」

「な、なんだと。ライザに比べたらすこーし小さいだけ……って何を言わせるの！　エリックくんのえっち」

「痛い、痛い、冗談だってば！」

「分かればいいのだ。湖底を引っ掻く理由はすぐに分かるよー」

結局教えてくれるでもなく、「見てみなよ」と両手を開き湖面に向けるテレーズ。

しかし、ふにゃっとした彼女の顔が急に引き締まる。

彼女の反応から遅れ、俺もやっと真剣になった彼女の変化の原因を感知できた。

その時既に彼女は弓を構え矢を番《つが》え、狙いをつけていた。

気配の主はちょうど俺の真後ろか、ならば……。

「テレーズ」

「うん」

体を折りたたむと同時に彼女が矢を放つ。

後ろから何かの悲鳴が聞こえてくるが、目もくれずに体を起こすと共に腰のナイフを抜き体ごと向きを変える。

「イノシシかな」

「ラッキーだったねー。眉間《みけん》に矢が刺さったみたい」

「テレーズの腕がいいのさ」

「へへーん」

繁みにドサリと横たわっていたのは小型のイノシシタイプのモンスターだった。

両耳の後ろから角が生えていることから、イノシシと異なることが分かる。

このモンスターはボアホーンとそのままの名前で、モンスターとしては最下位に位置していた。

初心者冒険者だけでなく、村のハンターでも狩ることができるほどで、イノシシより弱いんじゃないかといったところ。

肉がうまい。イノシシより臭みがなく、豚肉そのものの味である。

「いちゃついているところ悪いが、そろそろ手伝ってくれないか？」

俺たちがはしゃぐ様子を横目で見ながらライザが苦言を呈す。

「もう、ライザったら、交じりたかったのー？」

「そんなわけあるか！　クエストをこなしに来たのだから、網を引くことが優先だ」

「ちゃんと無防備なライザを護衛してたでしょー」

「そういうことにしておいてやろう。さあ、網を確認するぞ」

いつもの調子の二人に頬が緩みそうになるのをグッと堪《こら》えた。

俺までテレーズのように微笑《ほほえ》んでしまったら、ライザの矛先がこっちにきかねない。

君子危うきに近寄らず、だよ。

金属の刃に注意しつつ、陸にあがった網を彼女らと共に覗《のぞ》き込む。

結構な量の土を引きずって来たんだな。ピチピチ跳ねる魚に水草、貝類や、岩の欠片《かけら》まで色んなものが網の中に入っていた。

ん？　この貝の形はどこかで見たような……。

「いっぱいとれたね。当たりがあればいいなー」

「エリック、目的は貝だ。この形の貝を分けてもらえるか？」

俺が気になっていた貝を指さすライザ。

「この貝って。海の中じゃなくてもとれるんだ？」

「さあ？　私たちは貝に詳しくないから。でも、ここで貝がとれるのは知っているよ。これで三回目なのー」

「へえ、結構な稼ぎになるものなのか？」

「うん、貝をとるだけじゃないから。いっぱいとらないと目的のものは見つからないの」

昆布の時と似たようなものなのかも。

いや、この湖は汽水だから育たなくもないのか？

いずれにしろこの世界は地球とは別世界だから、海で育つものが川で育っていても何ら不思議ではない。

問題は味が似たようなものか、安全に食べることができるのかだよな。

貝をより分けていたら、小型のハンマーを持ったライザがどすんと貝を叩《たた》き割っているではないか。

中身をナイフで突き、次の貝へハンマーを振り下ろそうとしたところで慌てて声をかける。

「待て、それ、どうするつもりだ？」

「外れ、は捨てる」

「え、えええ⁉　いやいや、せっかく新鮮な貝じゃないか！　海鮮は腐りやすいから中々食べられないだろ？」

「食べる？　これを？」

「そうだよ、街にもなかったか？　貝料理を出す店」

「それは食用だろ。こいつは違う」

ほら、とライザがバラバラになった貝の裏側をこちらに向ける。

貝の裏側は真珠質になっており、キラキラと輝いていた。

これ、牡蠣《かき》の一種ではあるが、通常牡蠣とは呼ばない種だったか。

この特徴的な真珠質はアコヤガイであろう。しかし、地球のものと同じとは限らないことに注意が……何度目だよ。

「二人の目的は真珠だったんだな」

「うん、この辺りでは北の湖でしかとれないんだよー。貝の中にたまにしか入ってないからこうして網で引っかけて大量にとらなきゃ、なの」

「ライザのパワーがないと採取にも一苦労になってしまう。あまり人気がない依頼と見た。報酬は良さそうだけど」

「報酬は良い感じだよー。北の湖は遠いし、ライザがいなきゃ絶対にやりたくない依頼かな」

コロコロと笑うテレーズに対し、ぶすっとハンマーを振り上げるライザ。

だから、叩き割るのは「待て」と言っているだろうが。

◇◇◇

長々とした説得の結果、採取したアコヤガイは全てカブトムシに収納して持って帰ることになった。

北の湖で探索もやりたかったのだけど、アコヤガイを集めていたら日が傾いてきはじめていたのであえなく帰宅することに。

最初は特にテレーズがカブトムシに収納して持って帰ることを嫌がっていたんだよね。

同じ空間に貝と荷物を入れたくないってさ。しかし、忘れていたんだろうか？

カブトムシの翅下《はね》は左右にあるんだぞ。右に荷物を、左に貝を搭載すれば問題なかろう。と伝えたら、すぐに了承してくれた。ついでに小型イノシシことボアホーンも解体して持って帰ることにしたのだ。

今夜は豚肉料理だな。ふふ。

そんなこんなで宿屋に戻るなり、貝と肉を運び……いざキッチンへ。

貝は三百くらいはある。この中に真珠が入っている貝があればいいのだが。

ライザたちにも手伝ってもらって、貝殻を破壊するのではなくパカンと開くようにお願いした。

貝を開く場合は閉じた貝の隙間からまず貝柱を切ると開く。

やり方を伝えたら、さすがナイフの扱いには慣れた二人だ。俺より速く貝を開いていった。

マリーにはボアホーンの肉の下処理をお願いしている。

猫の獣人である彼女は人間に比べて筋力が低いのだそうだけど、下処理にも慣れており安心して任せることができるんだ。

最初はうまくいかなかったけどね。俺だって冒険者時代の解体と下処理の経験があってこそ、できるようになった。

正直、俺よりマリーの方が上達するのが早かったんだよね。俺……できない子なのかもしれない。

今だってライザとテレーズの方が貝を開くのが速いしさ。いいんだ、俺には俺にしかできないことがある。

そう、貝の身をより分けるとかね。

地球産のものと異なるから貝の身も試してみるつもりだけど、アコヤガイで食べるとすれば貝柱部分である。

旨味《うまみ》成分はあまりない記憶で、それでも揚げたりすればおいしく食べることができるはず。

「エリックさん、お肉の下処理終わりましたー」

「ありがとう。俺は貝の身をやるから、マリーは貝に引っ付いた海藻を集めてもらえるかな？」

「スプーンを使っていいですか？」

「もちろん。やり方は任せるよ。軽く擦《こす》るくらいで頼む」

「はい！」

マリーが猫耳と尻尾《しっぽ》をピンと立て元気よく返事をする。

アコヤガイではどうなのか分からないけど、牡蠣殻を海中に埋めて……という話を聞いたことがあってさ。

もしかしたら、この緑色の藻はアレかもしれないと思って。

貝柱を黙々とより分け、飽きてくるので途中で貝の身を焼いてみた。

味噌《みそ》をつけて……何やら目線が痛い。

「エリックくーん」

「エリック」

「エリックさん！」

三人とも手を止め、俺の名を呼ぶ。

彼女らの意図は即汲《く》み取れた。

「いや、おいしいかも分からないからさ。こっちの貝柱はきっと大丈夫」

「貝を開く作業はちょうど終わった。貝柱の切り分けの残りは私とテレーズがやろう」

その代わり、という言葉は聞かずとも分かる。

「ありがとう。じゃあ、貝柱で何か作るよ。貝の身も試食用にもうちょっと焼いてみる」

深鍋《なべ》に油を注ぎ、火はまだ入れない。

貝柱を軽く水ですすいでから、塩を振り揉《も》む。

そして、深鍋に火を付け熱した後、衣をつけた箸を突っ込む。うん、これくらいでいいかな。

天ぷらにすべく貝柱に衣をつけて深鍋に放り込んだ。

と同時に貝の身をフライパンで軽く炒《いた》め、味噌を絡める。

「どんどん揚げていくから、もう少し待ってくれ」

ちょうど彼女らの作業が終わる頃に完成しそうだ。何とも言えない香ばしい匂いがたまらんな。

先に摘まみ食いしたい衝動を抑えつつ、貝柱を揚げていく俺であった。


「ほい。テーブルまで頼むよ」

「はい！」

マリーに出来上がった料理をお皿へ盛ってもらってそのままテーブルまで運んでもらう。

今回の料理にはもちろんお金は頂かない。アコヤガイを採取してくれたのはライザとテレーズだからね。

むしろこっちがお金を払いたいくらいだよ。

しかしながら、俺は俺で車を出し……じゃない、カブトムシを出したのでそれでチャラってことで。

「あ、真珠は別に分けておいたのを見た？」

キッチンからテーブルにいる二人に向けて大きめの声で尋ねる。

対するテレーズは「ばっちし」と親指を立ててはにかんだ。

「まだ何か作られるんですか？」

「うん。これだけじゃ、お腹《なか》が膨れないと思って。先に食べててくれていいよ」

戻って来たマリーがぐつぐつと泡立つ鍋を見てコテンと首を傾《かし》げる。

貝柱の揚げ物とお試し用の貝の身だけじゃ、全然足らないだろ。

みんな体を動かす仕事をしてきたんだから、腹ペコである。俺も含めてね。

インゲンマメを適当な大きさに切り分け、メインディッシュの貝柱と共にバターを引いてから炒める。

炒めすぎないように注意してっと。よし。

それと同時に鍋に乾燥パスタを投入する。

茹《ゆ》で上《あ》がったパスタをバターを引いたフライパンに入れ、先ほど炒めたインゲンマメと貝柱をぽんっと。

味付けはいつもお世話になっている味噌だまりである。味噌だまりは醤油《しょうゆ》にだしの素《もと》を混ぜたような味わいなので、味付けはこれだけでいいだろ。

「よし。完成。インゲンと貝柱の和風パスタだ」

「和風……？」

「味付けに味噌とか味噌だまりやらを使った料理のことを勝手に和風と呼んでいたんだ」

「そうだったんですか。それでしたら『月見草』風の方が良くないですか！」

「そ、それもいいかもしれないけど……」

「メニューに出す時はそうしませんか！」

「あ、うん。そうしよう」

マリーの輝く笑顔が眩《まぶ》し過ぎて、否とは言えなかった。

和風を「月見草」風なんて言うのはおこがましい……が、誰も和風を知らない状況ではどっちでも変わらないと思い直す。

俺の心の中だけで「ごめんなさい」をしておけばいいか。

「エリックの言う通りだった。これは捨てるには勿体《もったい》ない。今まで全て捨てていたのが悔やまれる」

「ほくほくしておいしー。身の方はエリックくんの忠告通りだったよ」

先にやっている二人が貝柱の天ぷらと貝の身の感想を述べる。

マリーは先に食べていてと言ったのにもかかわらず、律儀に俺を待っていてくれた。

熱いほどおいしいから味わって欲しかったんだけど……猫だけに猫舌なのかもしれない。

いやいや、彼女なりの思いやりだって。

「パスタもできたし、食べようぜ」

「はい！」

両手を合わせ「いただきます」をして、まずは評判の悪い貝の身から。

あ、ああ……確かに、こいつは店で出すことが難しいな。

ぐにゃぐにゃしている食感に加え噛《か》んでも切れないし、中から溢《あふ》れ出す汁は苦みがある。

異世界アコヤガイの貝の身は没ということで。

一流の料理人なら貝の身でもおいしく調理できるのだと思うけど、俺には無理そうだ。

「貝柱の方はいける。マリーちゃん、貝の身は食べない方がいいよ」

「いえ、わたしも……う、うう」

何とか水で貝の身を飲み込むが、涙目になっていたマリー。

続いて貝柱を口にすると、途端ににへえと顔が緩む。顔だけじゃなく猫耳もくたっとなってちょっと可愛い。

彼女は食べる時、本当においしそうな顔をしてくれるんだよね。おっと、顔だけじゃなく猫耳と尻尾もだな。

貝柱の方は旨味が……といった懸念があったが、そんなことはなかった。

普通においしい。この味わいなら、パスタも絶対にうまいはず！

「貝柱の『月見草』風パスタだったか？　これは是非メニューに加えてもらいたい」

「味噌だまりの珍味を味わうために月見草に来てもいいくらい気にいってるものね」

「そ、そこまでではない」

「またまた！　パスタもおいしいよ。エリックくん、貝柱の揚げ物はお酒が欲しくなっちゃうね」

今度はパスタの感想が冒険者の二人から来たぞ。

あの反応だと、俺の推測は間違っていないことを証明している。

ではいざ、パスタだ。

お、おお！　本当は醤油を使いたかったんだけど、味噌だまりのみの味で十分いける。

「これは、いいな」

「貝とアスパラが最高です！」

「これアスパラじゃなくてインゲンマメと言うんだ。よく似てるけど、ほら、粒々した豆があるだろ」

「ほんとですね！　インゲンマメもおいしいです！」

作り方が簡単な割においしく頂けるのだから、納豆パスタと共にお手軽料理の定番になりそうだ。

もっとも……納豆パスタは俺とアリアドネくらいしか食べないけどね。

「そうだ、ライザとテレーズの二人には酒を出してもいいけど、どうする？」

「いや、必要ない。エリックとマリーが今は飲めないことも分かっているからな。私たちだけで楽しむのは……宿のレストランが開いてからにしよう」

「今晩泊まって、明日に街へ戻るんだっけ？」

「そのつもりだ。真珠も手に入ったことだしな」

おっけーとライザに向け親指を立てる。

すると、俺の真似をしてテレーズも親指を立て「へへーん」と謎の得意気な顔をしていた。

俺としては飲んでくれても構わなかったのだけど、気遣いをされるというのは嬉《うれ》しいものだ。

後で客として来てくれると言うのだから、その時おもてなししようじゃないか。貝柱はまだ在庫があるからね。

「あ、あああああ！　忘れてた」

「きゃ！　ど、どうしたんですか？」

「マリーに貝殻の海藻をと頼んだじゃないか。あれも試そうと思ってたんだけど……」

「すぐに腐っちゃうものなのですか？」

「いや、俺の思うものであればザルに薄く敷いて乾かしてもいけるはず」

「じゃあ、開店前にやっちゃいます！」

パスタの具か天ぷらにしようと思っていたのに、忘れてしまったものは仕方がない。

あの緑の藻が俺の思っているものだといいな。

そんなこんなで食事を終えた俺たちは、開店準備に取り掛かるのであった。

冒険者二人も一旦《いったん》客室に戻るようだ。

第三章　お茶会

出会いはいつも唐突に。いや、知っている人だけど。

ようやく今日の料理ラッシュが終わり、マリーと遅い夕食をとっていたら、彼女がやって来た。

覚えているだろうか？　俺はなんとか記憶に残っている。

狸《たぬき》耳の酔っ払い……じゃなく最高クラスの冒険者の称号を持つ赤の魔導士ことスフィアだ。

酒を手にした様子もなく、素面《しらふ》に見える。

素面じゃなきゃ、すぐさま追い返していたところだけど、何やら深刻そうだな。一体どうしたんだろう？

「夕食がまだなら一緒に食べる？」

「いいの？　じゃあ、遠慮なく」

挨拶《あいさつ》も早々にまだ残っていた大鍋に入ったシチューとアコヤガイの貝柱フライ、おにぎりと迷ったがふかふかのパンを彼女に提供することにした。

食べ始めるや「おいしい！」と呟《つぶや》くものの、げっそりした顔で嘆く。

「変な人がうちに来たの。エリックさんの知り合い？」

「変な人と言われても、誰のことやら」

ごめん、嘘《うそ》をつきました。俺の知っている変な人は二人いる。

そのうち一人は現在廃村で錬金術工房を作るとか言っていた。

「嘘だー。その顔、絶対、ぜーったい、知ってる！」

「いや、たぶんそうかなあという人はいるけど、ひょっとしたら違うかもしれないじゃないか。冒険者たちの顔ぶれは毎日違うし」

「冒険者ではないわ。白衣なんて着ないでしょ」

「金縁のゴーグルに髪の毛がこおおんな感じになっていた？」

「やっぱり知っているんじゃない。エリックさんのお友達なのね」

「決して！　決して！　断じて！　お友達ではないよ」

身を乗り出す俺の勢いにスフィアの顔が引きつっている。

服装から彼女の言う変な人は、自称天才錬金術師のグレゴールで間違いない。

彼女もまた俺と同じように興奮した様子で机越しに身を乗り出してきて、狸耳が鼻先に当たりそうになった俺が思わずのけぞる。

俺の仕草に彼女がハッとなり、元の体勢に戻って目を逸《そ》らした。

素面の時の彼女は酔っ払い時と真逆の反応をするんだよ。信じられないことに。

手でも触れようものなら恥ずかしいのか必要以上に離れて挙動不審になるほど。

ただし、酒が絡む時は除く。

触れようが額がごっつんこしようがまるで動じない。どうも、集中する事柄だと周りが一切見えなくなるようだ。

この集中力が赤の魔導士とまで呼ばれるほどになった彼女の原動力なのかもしれない。

もちろん、それだけじゃないことは分かっている。

恵まれた才能にたゆまぬ努力と集中力があって、今の彼女があるのだ。

努力の方向性が全て酒に向かっているのはどうかと思うが、俺的にはアリよりのアリである。

材料があれば一瞬にして酒にしてくれるし。

そんな彼女だが、わざとらしく唇に指先を当てた後ふうとため息をつく。

「突然やって来て、『ほ、ほほほ』とか言うのよ！」

「『チミ』とかも言ってなかった？」

「言ってた！　やっぱり知り合いなんじゃない」

「知ってはいるが、お友達かどうかとは別の話だろ」

「まあそうね」

「それで、自称天才錬金術師様は何を？」

両手をこれでもかと広げ、ブンブン身振り手振りを加えながらスフィアが説明を始める。

天才錬金術師は金縁ゴーグルを装着し、極端な前傾姿勢ですんすんと鼻をひくつかせながら酒蔵にやって来た。

スフィアと目が合うも挨拶や会釈をすることがなく、床に手を突き左右を見渡す挙動不審さを発揮したそうだ。

うん、彼ならやる。

そして多分……。

「それで突然、『チミの酒蔵かね！』と叫んだの」

「やっぱり……叫ぶか、笑うかどっちかだと思った」

「私だって相手をしたくなかったけど、居座られても困るし、『そうよ』と答えたの」

「それでそれで？」

挨拶もそぞろに唐突に「発酵、発酵」と金縁ゴーグルを剥《は》ぎ取り振り回したらしい天才錬金術師様。

変人と天才は紙一重というか、何というか、彼は酒蔵における発酵過程が魔法によるものだと見抜いた。

「素晴らしい魔法だ！　さっきエリックくんにヒントを貰《もら》ったものがあるのだよ。これだよ。これ」

などとわけのわからないことを言い始め、言われるがままいくつかの瓶に発酵の魔法をかけさせられたのだと。

「……もうわけがわからないったら。魔法をかけたらすぐに帰ってくれたけど、ちゃんとあの人に言い聞かせておいてよね」

「お、俺は無関係なのに。俺の名前を出したのか。あの変人め」

自称天才錬金術師……グレゴール。

風評被害もいいところだよ。

いや、でも、俺も一枚噛《か》んでると言えなくもないか。納豆を見せたわけだから。

しかし、しかしだ。

俺はスフィアのことを知らせてないし、彼が勝手に彼女の丸太ハウスを訪れることまで想定できないって。

頭をかかえると、被害にあったスフィアもはあと顔を下に向けた。

その時――噂《うわさ》をすればなんとやら。

「エリックくん！　発酵だ！　発酵だとも！」

扉が勢いよく開けられ、絶叫が聞こえてきた。

この印象的な声は姿を見るまでもない。自称天才錬金術師様その人である。

「エリックさん……あの人！」

「来てしまったな……」

「他人事《ひとごと》のように振舞っているけど、あの人はあなたの名前を呼んでるわよ」

「どうやらそのようだな」

仕事終わりの食事時にスフィアはともかく何であの錬金術師の相手をしなきゃなんないんだよ！

そして俺は考えるのをやめ、黄昏《たそがれ》ているってわけさ。

ふ、今日は夜風が身に染みるぜ。

「発酵だよ！　発酵」

「うわあ」

世捨て人になっていたら、いつの間にか錬金術師グレゴールの顔がドアップになっていた。

近い、近すぎるだろ！

俺の反応など見る気もない、いや、自分の興味があること以外は見えない彼はいそいそと瓶を机の上に置いた。

「これは？」

「ほら、チミが言っていただろう」

主語が無いと何のことか分からないだろう、と突っ込む前に瓶の中身がチラリと目に映る。

これ、この色……もしや。

「大豆を発酵させて作ったんですか？」

「そうとも。チミがあったらいいな、と言っていた発酵の魔法がすぐそこにあったのだよ！　美しいお嬢さんが瓶に魔法をかけてくれたのだとも！」

それ、スフィアの前で言う？

分かってるよ、グレゴールには彼女の姿が見えていない。今彼の頭の中にはこの瓶しかないからね。

後は喋《しゃべ》っている相手の俺の言葉が辛うじて聞こえている程度だと思う。

「う、美しい、だなんて。そんな」と彼女が照れていたけど、もちろん彼の目には映っていない。

グレゴール相手だし、いちいち了解を取っていると無駄に長い時間が経過してしまう。

彼も彼で特に俺の了解を必要としてない。むしろ、早く確かめてくれという気持ちのはずである。

いや、「俺がもう確認済み」の認識だろこれ。

瓶に触れてもいないのに、まるで俺が中身を分かっているかのように謎の解説を始めているんだよな、自称天才錬金術師様は。

彼の講釈は右から左に流し、瓶を手に取る。

目の前で瓶に触れているのに、彼のボルテージが上がる一方で瓶に全く注目していない。

一つのことに集中すると完全に周りが見えなくなるようだ。

スフィアは酒のこととなると、俺の体に触れるとか普段気にすることであってもまるで意識しないほどの集中力を発揮する。

常識的な範囲でという注釈がつくが……。

彼女の場合、もしここで火事が起これば手を止めて消火活動に当たるだろう。

しかし、彼は違う。

火事が起ころうが自分の興味と集中を手放さない。服が燃えようがこうやって喋り続けるのだろう。

ここまで来るともうどうにでもしてくれって、達観してしまうよ。

「ふむ」

壊れたスピーカーのような彼は放置し、瓶の中身を確認する。

一見すると黒色の液体だが、灯《あか》りを通すと茶色ぽく見えた。

くんくんと匂いを嗅《か》いでみたが、これといって特徴的なものではなかった。

ペロっと舐《な》めてみた。

「お、おおお。これは」

「どうやって作ったんだ？」という言葉を飲み込む。

まるで聞こえてない感じな癖《くせ》に、こういう発言だけ敏感に拾ってヒートアップしそうだからな。

聞いてないだろ、と高を括《くく》るのは危険である。

そこで、まだ照れていたスフィアと目が合う。

「な、何？」

「いや、何でもない。たまたま目が合っただけだよ」

「ち、違うの。た、単に暑いなあって思っただけなの。熱気があるでしょ。ここは人も多かったわけだし」

「へえ」

「その目！　む、むう。そ、そうだ。その液体、舐めて大丈夫なの？」

「問題ない。求めていた味だったよ」

あからさまに話題を逸らしたスフィアに乗っかる優しい俺である。

対する彼女はパタパタと自分の手で顔を扇《あお》ぐ仕草を止《や》め、目を細めた。

「く、腐った豆の完成形がそれなの？」

「いやいや。全然違う。こいつは大豆から作ることができる調味料で、醤油《しょうゆ》という」

「腐りきったら真っ黒になるのかしら」

「だから違うってば。味噌《みそ》だまりがあっただろ。俺がよく使う調味料だ」

「あったわね。出汁《だし》が利いた優しい味わいの調味料よね」

「味噌だまりに比べてキレがあって尖《とが》っている味……とでも言えばいいのか。舐めるのがはやい」

指に黒い液体こと醤油を垂らしてスフィアに見せる。指の動きと同時に反対の手で瓶を掴《つか》み彼女に向け差し出した。

たじろいた彼女は俺の指に舌先を当て、醤油を舐め取ったじゃないか。

まさか彼女が舐めるとは思ってなかった俺は思わず素の顔になる。

俺の意図を察した彼女はかああっと頬が赤くなった。

「ゆ、指を出すからてっきり『舐めろ』と言ってるかと思ったじゃない！」

「まあ、舐めてもいいんだけど。自分で垂らしてどうぞ、のつもりだった」

瓶を前に差し出したのを見てなかったのか……。

「た、確かに。味噌だまりに近い味ね。これなら私でも大丈夫そう。腐った豆は絶対にお断わりだけど」

「醤油があれば、味付けの幅が広がる。さっそく明日から使ってみることにしようかな」

「錬金術師さんのものなんじゃないの？」

「そうだった。有難い講釈が終わるのを待ってから聞いてみよう」

どぶろくを二杯飲み終わる頃、グレゴールがようやく落ち着いてくれた。

スフィア？　彼女はもうとっくに帰宅しているさ。

俺がどぶろくを飲み始めると、ソワソワし始めて「ちょっとだけ、ちょっとだけだから頂戴《ちょうだい》」とねだってきた。

酔っ払った彼女の醜態を既に知っている俺はともかく、宿にはグレゴール以外に宿泊客もいるんだけどいいのか？　と返したら、あっさりと諦《あきら》めてすぐさま席を立ったのである。

目の前で飲まれたら飲みたくなる気持ちは重々わかる。

彼女の手前、飲むのを我慢しようかとも考えなくはなかった。だけど、仕事の後の一杯を楽しみにしている中、手持ち無沙汰《ぶさた》になり、飲まずに待つことなんてできようか。いや、できない（反語）。

◇◇◇

「ふああ」

んーっと体を伸ばし、窓の外へ目をやり慌てて飛び起きる。

し、しまった。寝すぎたぞ。

既に太陽がすっかり顔を出しているじゃないか。

時計がないため、正確な時刻は不明。いずれ商人のグラシアーノに懐中時計を仕入れてもらおうかな。

そこまで高価なものでもない。いや、懐中時計にするならせっかくだから柱時計も欲しいなあ。

レストラン部分に置くと、宿泊客も時間を確認できるようになるし。

この世界の時計は地球にあるような時計と見た目こそ似ているものの、仕組みが異なるものがある。

地球と同じ機構を持つものは手巻き時計だ。それ以外の自動巻きや機械式の時計はない。

その代わり、動力源に魔石を使った魔石式の時計がある。

柱時計なら毎朝、俺かマリーがネジをまわせば良いので安価な手巻き式でいいかもしれないけど、持ち歩くものは魔石式がいいなあ。

自動巻きがあれば、時計を常に身に着けているだけで動き続けてベストなのだが、無いのだから仕方ない。

ポラリスか天才錬金術師様のどちらかが自動巻き時計を開発してくれんものか。

魔石式だと魔石の中にある魔力がきれたら時計が止まっちゃうからね。高価な魔石式時計は自分の魔力を魔石に補充することで長期間動き続けるものもある。

しかし、時計にそこまでのお金をかけるわけにはいかないのだ。

他にも欲しいものが沢山あるのだから。

トイレとかトイレとか。

階段を降りると、外から戻ってきたマリーとちょうどエンカウントした。

俺の姿を見たマリーは嬉《うれ》しそうに満面の笑みを浮かべ、尻尾《しっぽ》をピンと立てる。

「ごめん、寝坊した」

「いえ！　昨日は北の湖まで遠征し、そのまま宿のお仕事をされたのです。お疲れで当然ですよ！」

「どぶろく二杯の後に清酒までいってしまって、それでだよ」

「たまにはゆっくり休んでくださいね！」

「マリーも。そうだな。宿にも定休日を作ろう。今までは宿泊客がいない日を休みにしてたけど、最近はゼロの日がまずないもんな」

「エリックさんのお料理とヒールがあってのことです！」

昨晩はマリーが先に就寝していたし、スフィアとグレゴールが帰宅したもので一人になっただろ。それで清酒を飲み始めて、ついついさ。

さて、まずは腹ごしらえからするとしよう。

朝ごはんは、何を作ろうか。

昨日のご飯が残ってるか。冷ご飯をレンジでチンして食べる、というわけにはいかない。

よっし、じゃあ……。

ご飯を麺棒《めんぼう》でゴリゴリやってすり潰《つぶ》し、ゴマと細かく砕いたクルミを交ぜる。

ちょこっと天才錬金術師製の水あめを入れて、タネの完成。

小判状にタネの形を整えて細い竹の棒に突き刺す。

竹の棒の先を持って、炭火でじりじりと焼き、一度火から離して味噌をペタペタと付けて再度焼く。

「よっし、完成！」

「いい匂いですね！　栗《くり》蒸しまんじゅうみたいなものですか？」

「うん。朝ごはんのつもりだからお菓子じゃないけどね」

「どんな名前なんですか？」

「五平餅《ごへいもち》……らしきもの。米を潰して焼いたものだからお腹《なか》も膨れるよ」

ご飯が余った時に焼きおにぎりじゃなくひと手間かけると、五平餅もできる。

熱いうちに食べよう。

マリーはこれでもかとふーふーしてから、五平餅の端っこをちょこっと齧《かじ》る。

どうやら熱さは大丈夫な模様。

彼女は唇を閉じたまま、もむもむと顎《あご》を動かし目尻《めじり》が下がる。

「おいしいです！　まんじゅうよりもっともちっとしてますね」

「米でも結構もちもちになるもんだな。餅《もち》の代わりに、とまではいかないけど食べやすくていける」

「餅？」

「ああ。今食べてる米の別種でさ、五平餅よりもっともちっとするんだ。引っ張ると伸びるくらいに」

「そのような食材があるんですか！」

「どっかにあると思う。別の場所にあの亀に似たような生き物がいたら、ひょっとすると……」

「ぼ、冒険はほどほどにしてくださいね。お怪我《けが》をしたら、とハラハラしてしまいます」

「大丈夫だよ、無理はしない。ジャイアントビートルは素早いし、そうそう追いつかれないさ」

「そ、そうですか……」

ジャイアントビートルの名で笑顔が固まるマリーの口元に手ぬぐいを当てる。

カッと頬を赤らめた彼女は「あ、ありがとうございます」と言って手ぬぐいを自分の手で掴む。

手ぬぐいから手を放した俺は、自分の口元を拭《ぬぐ》い、人のことは言えないか、と苦笑するのだった。

その時、キッチンに置いたままの醤油が入った瓶が目に映る。

「あ。あああああ」

「ど、どうしましたか……？」

突然の叫び声にマリーが猫耳をペタンとさせた。

「昨日、グレゴールさんから新しい調味料を頂いたんだよ。朝ごはんに使えば良かった」

「あの瓶ですか」

「うん。マリーには自室に戻ってもらったじゃない。あの後にさ」

「何という調味料なのですか？」

「醤油といって、味噌だまりに近い味だよ」

「楽しみですね！」

結果的にマリーが笑顔になってくれたからそれで良し。醤油はそこにある。

酒でもないから、酔っ払いが手を出すこともないだろう。

マリーに言ってないけど、実はもう一つ調味料を作ってある。

これもスフィアに協力してもらったことなのだけど、日本酒があれば作製可能だと思ってやってもらったらあっさりと作ることができたんだ。

もう少し熟成させた方がいいのかなと奥にしまってあったが、熟成させるだけならスフィアに頼めば良かったと今しがた思い出した。

「マリー。今日からトイレの工事をしてくれることになっていたのを覚えている？」

「はい！　わたしが見ておきますので、エリックさんはお出かけされても大丈夫ですよ」

「助かる」

「いえ、わたしは狩猟なんてできませんし……」

「適材適所だよ。マリーにはマリーにしかできないことがある。俺もそう。二人じゃなかったらまだ宿を開くことさえできてなかったよ」

マリーは「お役に立てない」ことをとかく気にしている。

彼女に「適材適所」と言ったのはこれで何度目だろうか。今彼女がいなくなったらと想像するとゾッとするよ。

俺のヒールの特異性に気が付けたのも彼女あってこそだし、彼女の飼う猫がいたからコビト族の協力を得ることができた。

全ての事柄が奇跡的にうまくはまって現在の宿がある。

感謝の心を忘れぬよう、今日も今日とて狩りに向かうとしよう。

向かう先はすっかりお馴染《なじ》みになった隣家の厩舎《きゅうしゃ》だ。

中にはメタリックブルーのカブトムシが鎮座している。

「すぐに狩りに行きたいところだけど、まずは」

木桶《きおけ》と布を用意して、ゴシゴシとカブトムシの外骨格を綺麗《きれい》にすることにした。

布よりスポンジが欲しくなってくるな。感覚としては完全に車の洗車である。

表面の色も触れた感じも車そのものだし。ひんやりしていて金属かと錯覚する。

カブトムシの外骨格って他もこんな感じだっけ？　硬いは硬いけど、金属のような感じではなかったような。

「出かけるから汚れちゃうと思うけど、戻ってからじゃ暗くなってるし我慢してくれよ」

すっかり綺麗になったメタリックブルーの外骨格をポンと叩《たた》く。

するとカブトムシが右前脚をカサリと上に向ける。

外骨格を綺麗にすることで彼が喜んでくれた気がして嬉しくなった。

彼からすると綺麗にする習慣なんて無いから、べたべたと外骨格に触られて不快だったかもしれないもの。

「よっし。じゃあ、さっぱりとしたところで食事にしようか」

「すみよんも食べまあす」

コロコロと転がって来たリンゴが足下に当たる。

どうやら声の主がリンゴを抱えすぎてポロリと落としてしまったようだ。

声の主はお馴染みワオキツネザルのすみよんである。

長い縞々《しましま》の尻尾を自分の首に巻きつけ、リンゴを腕一杯に抱えよたよたとやって来た。

あれだけ長い尻尾ならリンゴの一つくらい掴《つか》めそうだけど、難しいんだろうか。

「じゃあ、先にジャイアントビートルと分けておいてもらってもいい？　追加を持ってくるからさ」

「ブドウがいいでーす」

「ブドウか。まだあったと思う、待ってて」

「分かりましたー。リンゴはジャイアントビートルにもあげまあす。その代わりブドウくださーい」

そんじゃま、ブドウを倉庫から取ってくることにしようか。

今日はビワをカブトムシに与えようかなって思ってたんだけど、すみよんはブドウをご所望らしいからな。

すみよんはともかく、カブトムシもブドウをもしゃもしゃ食べてくれる。

あの図体の割に俺より食べないくらいなんだよな。昆虫だからだろうか。

餌代が少なくて済むのは良いことだ。うんうん。

◇◇◇

北か東か迷ったのだけど、すみよんが「リンゴ甘いでえす」と隣でシャリシャリしていたので東に向かうことにした。

しっかし、このワオキツネザルは常識外れにもほどがある。

このカブトムシが馬より速くカサカサカサカサとものすごいスピードで走る中、彼は俺の肩に乗りうまそうにリンゴを食べているのだ。

更に長い尻尾でおかわりのリンゴを掴みながら。

車と異なり風をガードするものは何もない。バイクに乗りながら食事をするようなものか。

しかし、ここには信号がないので、カブトムシが疲れるまではずっと走りっぱなしである。疲れるまでと言ったが、カブトムシのスタミナの底を俺はまだ知らない。

「エリックさーんも食べますかー?」

「ジャイアントビートルに掴まらなきゃならないから、走らせながらは無理だよ」

「そうですかー。狩りしないんですかー?」

「先に寄り道しようと思ってさ」

カブトムシの角……突起と言った方がいいかもしれないな。突起を左右の手で掴み、前傾姿勢でまたがっているので彼のように食べる余裕なんてない。

もし両手が空いていたとしても、彼のように食べることなんてできないと思う。普通の人間には。

尻尾で掴んだリンゴをフリフリと見せられても困るってもんだ。

走り始めて一時間も経《た》ってないし、休憩せずそのまま目的地を目指す所存である。なので、リンゴを食べる気がそもそもない。

目的地にはリンゴと共にとある人物がいる。

あまり会いたくない相手なのだが、一度くらいは挨拶《あいさつ》に行っておかなきゃな。すみよんとはお友達らしいから俺一人で行くより安全……なはず。

思わせぶりに語る必要もないか。

ほら。もうすぐだ。山を登り、おっと。その前に。

オレンジ色の果実……ビワの木の下でカブトムシを止め、ビワを回収する。

その後、地肌が丸見えの山を登り、円形になっている深い谷の入り口までやって来た。

そう、挨拶する相手とは超危険地帯「東の渓谷」のボスであるアリアドネだ。

「入るなよ。入るなよ。すみよん」

「もう食い殺されませんよー」

「俺がってことだよな」

「もちろんでえす」

彼の真ん丸の黒い瞳《ひとみ》は愛らしいのだが、たまに恐ろしく見えるよ。

長い尻尾《しっぽ》で地面をぺったんぺったんと叩いている姿も可愛《かわい》らしいんだが、これもまた、以下略。

すみよんは「大丈夫そう」と言う。しかし、とてもじゃないが、お友達に対する気配と思えないって。

渓谷から心臓を鷲掴《わしづか》みされているのかってくらい圧を受けている。呼吸をするのも苦しいくらいで、背中からは冷や汗が流れ落ちていた。

正直大した冒険者じゃなかった俺だけど、相手の実力を推し量ることくらいはできる。

東の渓谷の主《あるじ》は俺がこれまで出会ったどのモンスターより強い。それも二番手と比べ天と地ほどの違いがある。

ちなみに二番手は以前毒で担ぎ込まれた冒険者たちのことを覚えているだろうか？

彼らが死を覚悟で撃退したモンスターはパイロヒドラだった。そのパイロヒドラの亜種がいてさ。インペリアルヒュドラって言って、遠目に一度だけ見たことがある。

小高い丘の上からその姿を見ただけなのだけど、それでもハッキリと気配を感じ取れるほどだった。

八つの首と蛇のような胴体と銀色の鱗《うろこ》を持つインペリアルヒュドラはモンスターランクSと最高位である。

そのインペリアルヒュドラと比べても、アリアドネの強さは隔絶しているんだ。彼女は理性を持つ人型なので、モンスターではなく亜人にカテゴライズされるかも。

彼女は冒険者ランクだろうがモンスターランクだろうが間違いなくSSランクだな。

しかしどうも冒険者ランクSSと言われるとあの酔っ払い狸のことが浮かんで、微妙な気持ちになる。

頭ではあの酔っ払いの実力がとんでもないことは分かっているのだけど、どうもなあ。

「ちょ」

「会いに来たんじゃないんですかー？」

スタスタとアリアドネの縄張りの中に入ろうとしたすみよんを慌てて後ろから抱きしめるようにして持ち上げる。

あら、思ったよりふさふさの毛が長いのね。

って、そんな呑気《のんき》な感想を抱いている場合じゃねえ！

「いきなり（縄張りに）入ろうとするなんて、不用意過ぎるだろ！」

「どうしてですかー。エリックさんのお家《うち》に入るのと同じでえす」

「俺の宿屋とは違うんだって。店じゃない家には勝手に入ったらダメなんだぞ」

「ニンゲンって不便ですねえ。しかああし、アリアドネはニンゲンじゃないでーす」

「人間より不法侵入に対して厳しいから……」

「問題ないですよー」

尚《なお》もアリアドネの縄張りに侵入しようとするすみよんであったが、がっちりと俺が抱きしめているので動けない。

ただでさえ胃が痛くなるプレッシャーの中なんだから、もう少し落ち着いて行動して欲しいものだな。

だけど、すみよんがいてくれなかったら東の渓谷へ訪れるなんてとてもじゃないが無理だ。

その点感謝……してるわけないだろおお。元々、東の渓谷でアリアドネに捕捉《ほそく》される原因を作ったのはこのワオキツネザルだ。

絹のような糸を頂くことができたので、差し引きゼロにしておいてやろう。

ゾクウウウウ！

唐突に全身から一気に冷や汗が流れ落ちる。背後に何かいる。

さっきまで何もいなかったってのに。

『訪ねて来てくれたんじゃなかったのかしら？　それとも、すみよんとアナタの演劇を見せにきたのかしら？』

「ひいい」

『アナタとすみよんが縄張りに入っても歓迎するわ。言わなかった？』

「き、聞いているけど、圧が酷《ひど》くて」

『敵意どころか、友好的に接しているのだけど。アナタがニンゲンだからかしら』

ようやく体の向きを変えた俺が見たものは、耳まで口が裂け喉《のど》の奥からギギギと音を出すアリアドネの姿だった。

「エリックさーんはスフィアよりびびりーなんですねえ」

「そういう問題じゃないんだってば。俺が人間だからってのはあるかもだけどさ」

敢《あ》えて人間だからと言ったが、俺より元冒険者としての実力がもっと優れていればアリアドネの圧を涼しい顔で受け流せるかもしれない。

隙をついてするりと俺の腕から抜け出したすみよんが地面に降り立ち、じーっと真ん丸の黒い瞳で俺を見上げる。

何かを考えているのか、何も考えていないのかまるで見当が付かない。ワオキツネザルだから、表情を読めるわけもないのだ。

「あ、そうだ」

いそいそとカブトムシの右側の上翅《じょうし》をパカリと開けて、アリアドネへの手土産を取り出す。

彼女は多くの眷属《けんぞく》を抱えているみたいだけど、彼女以外にもお口に合う人がいたらいいな。人……じゃなさそうだけど……。

『あら、わざわざありがとう。ワタシもアナタにって用意していたのがあったのよ』

「俺にも？　気にしなくていいのに。君の巣にお邪魔するんだから」

手土産は藁《わら》で包《くる》まれた納豆の束だったんだ。

藁で括ってひとまとめにしてあるけど、全部で十の納豆の入った藁巻となっている。

手作りでかつ包装が素人なものので見た目が良くないが、味は保証するぜ。

売り物にするにはもっとラッピング技術を鍛えないと厳しいわね。

『お茶会に招待するわ。ついて来て』

「崖《がけ》の下に？」

タラリと額から汗が流れ落ちる。

アリアドネが一番強い存在だとしてもだな、インペリアルヒュドラクラスが数匹いてみろ。

お茶なんて楽しめる環境じゃないって。

一応挨拶はしたし、お土産も渡した。なので、これでさよならでも俺としてはいいのだが……。

しかし、アリアドネは涼しい顔？　で頭から伸びる触角を折り曲げる。

『そうよ。そこの虫に乗ればアナタでも問題ないでしょ？』

「行きたいのはやまやまなのだけど……」

『【圧】とやらを心配しているの？　すみよん、何とかしてもらえる？』

「どうにもならない問題だと思うけど……」

アリアドネがすみよんに無茶ぶりした！　強者の圧ってどうにかできるものでもなかろうに。

すみよんはアリアドネを前にしても平気そうで、超肝が据わっているんだなとは思うけど……。

さて、そんなすみよんは、長い尻尾で俺の膝《ひざ》をペチペチしていつもの調子でとんでもないことを口にする。

「『中』にエリックさーんは入れませんよー」

「入れないって？」

「即死しますー。だから、入れませんー」

「待て待て。そんなところに誘おうとしてたのかよ！」

圧が無かったら、ほいほい彼女についていってたぞ。

即死するってどんな恐ろしいトラップがあるんだか……。

ところが、当の彼女ときたら悪びれもせず、こんなことをのたまった。

『忘れてたわ。エリックはニンゲンだった。蜘蛛《くも》じゃないものね。でも底まで行かなきゃ大丈夫よ』

「底には何が……」

『ニンゲンじゃ窒息しちゃうんじゃないかしら。以前ニンゲンから聞いたのだけど、ガス？　があるとかで。でもクウキ？　より重いとかで』

「だいたい察した。一部地面が熱くなっていたりしない？」

『よくわかったわね。でも安心して。中腹に横穴があって、そこがワタシの巣なのよ』

みなまで説明しないすみよんもすみよんだけど、アリアドネもアリアドネだ。

完全なる推測ではあるものの、渓谷の底は火山性ガスが噴き出しているんじゃないだろうか。人間が吸うとひとたまりもないガスだとしたら、硫化水素とかその辺じゃないかなあ。恐ろし過ぎる。

アリアドネの住処《すみか》はガスが無いところらしいから、俺が行っても大丈夫そうではあるが……。

「大丈夫そうですねー。では、すみよんの魔法で何とかしますよー」

「いや、別にもうここでいいって……」

「すみよんの名において命じまーす。かの者を護《まも》り給《たま》え。フォースフィールド」

「うお」

フォースフィールドとか聞いたことのない魔法が発動したらしいが、目に見えないのでワオキツネザルが前脚を広げて遊んでいるようにしか見えない。

対象は俺で、魔法の種類はバフだろうな。きっと。

バフとは味方の能力を底上げする補助魔法のことである。

どんな変化があったのだろうかと、手を握って開いてしてみたが特段体に変化はない。

『どう？』

「うお、ビックリした」

至近距離にアリアドネの顔があったので思わずのけぞる。

対する彼女は何が面白いのか喉の奥からギギギギという音を出した。

ん？　待てよ。

彼女は俺よりも遥《はる》かな高みにいる実力者だ。音も立てず、目に見えない速度で動くことも造作ない……と思う。

しかし、いくら友好的に接していても格が違い過ぎる俺は常に圧迫感を覚えていたのだ。

それがどうだろう。先ほどは彼女の顔を視認するまで気が付かないほどだった。

「どうですかー」

「これなら大丈夫そうだよ」

「じゃあ、逝きましょうかー」

「何か『行く』の発音に不穏なものを感じたのだけど、気のせい？」

「気のせいでーす。心配性が過ぎるのもダメですよー」

「それもそうだな」

納得した俺は「うんうん」と頷《うなず》き、今度こそアリアドネの巣へ向かうことになったのである。

「すげえ」

彼女の巣の奥にあった「畑」に対し感嘆の声をあげた。

ずらっと並んだ枯木には様々なキノコが所せましと生えていたんだよ。

それほど知識があるわけじゃないから、どれが食べられるものなのか判別が難しいな。

『あら。キノコがお好み？』

「キノコはおいしいから欲しいところだけど、人間が食べることのできるキノコがどれなのかよくわからないんだよね」

『ニンゲンなら魔道具というものを持っていると聞いたけど?』

「それだ! 毒を見分ける眼鏡があったはず。街の魔道具屋で売ってた……多分」

『あはは、お茶の準備ができたわ。安心して、ニンゲンでも大丈夫よ。試したから』

さりげなく怖い事をのたまったアリアドネにどう対応していいのか、半笑いになってしまった。

ここは聞かなかったことを決め込むのがいいか。

アリアドネのお茶とやらを試された人の無事を祈る。

アリアドネの巣にある調度品は岩のでっぱりと糸で形造られていた。

椅子は糸でできていて、壁に付着した糸が俺の体重を支えるハンモックのような仕様である。

テーブルは岩を切り出した感じかな?

ティーポットとカップは俺たちが使っているものに似ている。

街から調達してきたのか、冒険者の持ち物だったのか、出所を聞くなんて野暮なことはしない。

聞いたら恐ろしい答えが返ってくるかもしれないから、なんてことは考えちゃいないんだからね。

『どうぞ』

ティーポットから注《つ》がれたお茶は、濃い緑色だった。抹茶にも見えなくはない。

ちょっとばかし興味が出て来たぞ。早速、飲んでみると……。

「ほ、ほお。これは緑茶にそっくりだ!」

驚いた。緑茶って何からできているのか分からなくてさ。

その辺の雑草を煎《せん》じてみたものの、これが不味《まず》くって不味くって。

マリーの飼い猫が匂いを嗅《か》いだ時、ものすごい顔をされたほど。

「一体どんな草を使ったの？」

『草？　ニンゲンはこれを草というのかしら？』

アリアドネがパチリと指を弾《はじ》くと、ふよふよと黒に近い緑色の塊が上から降りて来た。

ペタンと俺の開いた手の平に着地したそれをまじまじと見つめる。

湿りっけがあって、針の先ほどの小さい緑がびっしりと詰まっていた。

これは苔《こけ》だな。黒っぽい緑の苔とか見たことがないなあ。廃村近くの小川でもとれるかもしれない。

あの場所は淡水なのに昆布と、その後ワカメも発見したんだよね。

川を散策すればごっそりとれるので今のところ在庫に不自由していない。

「草じゃなかった。苔だなこれ。どの辺に生えているの？」

『ここより少し上の崖にこびりついているわ。上から雨水が流れるところがあってね。その辺』

「廃村付近でも岩を丹念に探せば見つかるかもしれないなあ」

『どうかしら。崖は日の当たり方が外と違うわ。沢山あるからもっていく？　ワタシ以外は飲まないし、ワタシもあまり好きじゃないわ』

「本当に！　これほど嬉《うれ》しいお土産はないよ」

やったあ。緑茶を頂けるらしい。

見た目は鮮やかな緑色で、抹茶のようだけど味は緑茶。

そして、元となる葉は茶葉ではなく苔。しかも、色がどす黒い緑。

これを煎じたら、抹茶のような色合いになるとは未《いま》だに信じられない。

喜ぶ俺に対し、アリアドネは「うーん」と耳まで裂けた口からのぞく牙《きば》へ指先を当てる。

『あら、お土産は別にあったのよ。そっちはワタシのお気に入りの飲み物なの』

「アリアドネ以外も飲むの？」

『そうね、わざわざ煎じて飲まないわ。そのまま食べちゃうかしら？　といっても食べるのも眷属の一部だけよ。栽培もしているわ』

「奥にあったキノコ以外にもあるの？　手広くやっているなあ」

立ち上がった彼女はキノコを栽培していた奥の方へ向かいつつ、前を向いたまま独り言のように声を出す。

『うーん、ニンゲンみたいに色んなものを食べるわけじゃないのよ。少なくともワタシは』

キノコ栽培所まで行くのかと思いきや、彼女は途中で立ち止まる。

先ほどと同じように指先をパチリとすると、どこからともなくマグカップが二つ出現した。

単に暗闇で俺が見えないだけだと思う。何も無い空間から現れたわけじゃないはず。

何もない空間から突然モノを取り出す話を聞いたことがあるけど、まさかマグカップのためにそんな大それた術を使うこともないだろうから。

空間からモノを取り出す魔法は空間魔法と言われ、努力して使うことができるようになる類のものじゃないらしい。

何も持たずに旅ができる利点がある空間魔法のことを調べたことがあるのだ。

俺？　もちろん、適性なんかなかった。そもそも、僅《わず》かな文献が残るのみで師匠となる人もいないし。

半ば伝説になっているのが空間魔法ってわけさ。誰でも努力次第で習得できるものであれば、既に便利に使われている。

残念だ……。前世のファンタジーな物語ではよく見た魔法やスキルだったんだけどなあ。

ファンタジーなこの世界なら俺もアイテムボックスやら、いくらでも入る魔法の袋なんてものを使うことができると思ってたのに。

現実は厳しいものだ。

次にアリアドネが持ってきたものは黒い液体だった。

「うわあ……」

『あはは、ワタシは好きだけど、アナタはどうかしら。納豆の好みは合ったみたいだけど？』

「よ、よっし……の前にすみよん。これ、俺が飲んでも平気なのかな？」

「問題ないでえす。せいぜいお腹《なか》を壊すくらいでえす」

無責任に聞こえるワオキツネザルのセリフだけど、本当に危険なものだったらちゃんと忠告してくれる。

軽薄な物言いに聞こえるかもしれないけど、一応、俺のことを慮《おもんぱか》ってくれてはいるはず……たぶん。

初めて東の渓谷に来た時は色々言葉が足りな過ぎて肝を冷やしたけど、すみよんとしては自分がいれば俺の命が脅かされることはないと判断したからあの物言いだったわけだ。

腹を下すくらいなら、持続的なヒール効果ですぐに完治するから問題ない。

件《くだん》のマグカップを両手で包み込むように持ってみた。マグカップから伝わるちょうどいい温かさが心地よい。

匂いは……あれ、これって！

緑茶よりこっちの方が、俺的には嬉しい！　まさか、東の渓谷の下でこのような飲み物に巡り合えるとは！

この独特の芳香。挽《ひ》きたての香りかな。好みはあるかもしれないけど、朝にこの芳香に包まれたら目覚めスッキリ、やる気がみなぎってくる。

「苦いでえす。リンゴくださーい」

「ジャイアントビートルの中に入ってるよ」

香りに思う存分酔っていたら、ワオキツネザルから要らぬちゃちゃが入ってしまった。

香りをくゆらせ、一口。

爽《さわ》やかな苦みが舌の上で躍る。

『どうかしら？』

「緑茶以上に感動したよ！　まさかここで挽きたてのコーヒーが飲めるなんて！」

『コーヒー？　コーヒーというのは草かなにか？』

「黒い豆なのだけど、谷の中に自生しているの？」

『自生しているわ。栽培もしているけど、豆じゃないわよ。これはキノコよ』

「え。ええええええ！」

この日一番の叫び声が出る俺であった。

キノコ。コーヒーが豆じゃなく、キノコからできている……だと。

そ、そんなはずは。この香り、味。確かにコーヒーで間違いない。

だがしかし、アリアドネが嘘をつくわけもないしさ。

それに彼女は栽培をしていると言った。つまり、この奥にあったキノコのうちどれかが、今俺が飲んでいるコーヒーの原料になっているのか。

『持って帰る？』

「是非！　コーヒーが用意していたお土産だったの？」

『そうよ、アナタのお気に入りの納豆を食べさせてもらったのだもの。ワタシもお気に入りをと思って』

「ありがとう！　栽培しているところも見せて欲しい」

『いいわよ』

コーヒーをひとしきり楽しんでから、奥のキノコ栽培所に向かう。

キノコの畑なのか栽培所なのか、どっちでも良いのだけど、アリアドネの居室の奥には結構な広さの空間があって、そこにズラッと枯木が並べられている。

トコトコと淀《よど》みなく歩く彼女の後ろをついていこうとしたのだけど、地面に転がっている小さな枯木に足を取られそうになった。

キノコの空間は壁と天井がぼんやりと光っていて真っ暗闇ってわけではなかった。

それでも、薄暗いからちゃんと地面を見ながら歩かないと転んでしまいそうだ。俺が転ぶのは全然構わないが、キノコを潰《つぶ》してしまったら一大事である。

慎重に進まないと……って。

「すみよん。キノコの上は歩いちゃダメだぞ」

「大丈夫でえす。踏んではいませーん」

キノコの生い茂る枯木をてくてくしていたすみよんに向け苦言を呈す。

対する彼と来たら、長い尻尾《しっぽ》を首に巻き付けてどこ吹く風だ。

確かに、彼の通った後に倒れたキノコはない。元のままだ。わざわざあんな狭い隙間を縫わなくてもいいと思うのだけど……。

俺の視線が気になったのか、彼は長い尻尾を伸ばし俺の腕に絡めると肩の上に乗って来た。

『別に気にしなくていいわよ。外に生えているものばかりだから』

「ですってー。エリックさーん」

「気遣いで言ってくれたんだってば。畑を管理するのって中々大変なんだぞ」

どやーとするワオキツネザルのおでこを指先でピンとする。

それが妙におかしくなってきて、ついつい笑ってしまうと彼もつられてゲヒゲヒと笑う。

笑い声汚いな……。もっと愛らしくできないものだろうか。

ところでアリアドネにとって口が裂けて喉《のど》の奥をギギギと鳴らすのが「笑い」なのだが、慣れてきたけど正直まだ怖気《おぞけ》が走る。

モンスターに遭遇して、意気揚々と襲いかかろうとした時の咆哮《ほうこう》を彷彿《ほうふつ》させるんだよな、アレ。

彼女の場合はモンスターの吠《ほ》え声と異なり、人間の笑い声程度の音量なのだけどね。

なんか裏ボスの嘲笑《ちょうしょう》みたいでさ。慣れよう慣れようと思っても、なかなか難しいんだよ。

きょろきょろしつつ足下を気にしながらおっかなびっくり歩いていたら、アリアドネの歩みが止まる。

彼女が止まったのは部屋の隅で、左右の壁から光が降り注ぐ栽培所の中では最も明るいところだ。

明るいといっても、外に比べれば暗い。

魔法の光で照らした宿のレストランと比べたら、半分くらいの光量かなあ？

キノコを栽培するにしては明るいのかもしれないくらいかも。キノコのことは良くわからないので、何とも言えん。

『これよ』

「粒々しているんだな」

『はい、どうぞ』

「ありがとう」

枯木から掬《すく》い取るようにして集めた黒い粒々を手渡しで受け取る。

これ……コーヒー豆と同じくらいの大きさだな。親指と人差し指で一粒挟んでみたところ、硬い。

ギュッと押しても潰れない。市販されているコーヒー豆くらいの硬さがあるかもしれない。

コーヒー豆って飲むことができるようになるまで複雑な工程があったと思うのだけど、詳しくはまるで分からないんだよな。

といっても、街でコーヒー豆を見たことが無いので、入手自体が困難そうだ。

『一つくらいだったら潰してもいいわよ。それをすり潰して煎じたのがさっき出した飲み物よ』

「いや、硬いよこれ。すり鉢か何かでやらない……え」

アリアドネが軽く握ると、手の中にあった黒い粒が全て粉々に砕け散ったじゃないか。

指で挟むより握りつぶす方が遥《はる》かに難易度が高い。一体あの細腕にどれほどの握力があるのか……俺の腕を本気で掴《つか》まれたら千切れそうだよ。

「エリックさーん。どうしましたー？」

「あ、いや、キノコなのに硬いものもあるなんて、って驚いていたんだよ」

「そうなんですかー」

「そうなんだよ」

すみよんめ。ドキッとしたじゃないかよ。

誤魔化すように頭をかき、話題を変えるべくアリアドネに尋ねる。

「黒い粒状のキノコの名前を教えてくれないか？」

『特に決めてないわよ、ワタシ以外は楽しむこともないし。ここには多数のキノコがあるでしょ？いちいち名前を付けていないわよ。もちろん名前が付いているものもあるけど』

「じゃあ勝手に呼び名を決めてもいい？」

『構わないわよ。アナタとワタシの間で通じればいい』

「コーヒーキノコでどうかな」

『よくわからないけど、それでいいわよ』

アリアドネは名前にはあまり拘《こだわ》りがないようだ。

俺としては煎《せん》じるとコーヒーになるキノコだから、安易にコーヒーキノコと名付けたに過ぎない。

この後、アリアドネから煎じ方を教えてもらって、栽培のコツなんかも聞いたんだ。

ちょっと栽培するには難易度が高そう。洞窟《どうくつ》の中だからこそ、適度な湿度と気温が維持できているると思うんだよな。

あ。廃村の近くにちょうど洞窟があるじゃないか。広大だけど、少し奥に入れば温度が一定のはず。

モンスターや野生動物に荒らされなきゃいいけど……。試してみる価値はあるな。

もらった半分は飲んでしまって、残り半分は栽培に使ってみることにしよう。

『霧に浮かぶ魚を見せたかったんだけど……』

「それは遠慮しておくよ」

渓谷の入口まで戻って来て、アリアドネと握手を交わしカブトムシに乗り込む。

彼女に手を振り、いざ帰路についた。途中でビワをとって帰ろうかな。

気分良くカブトムシを走らせていたら、すみよんの長い尻尾が俺の首に絡んできた。

「エリックさーん。忘れ物ですよお。アリアドネのところに戻らないと」

「お土産も頂いたし、これ以上何かってのは無かったよな」

「リンゴでえす」

「あ、そういや、東の渓谷にリンゴがあるって言ってたな。他のところにはないの？」

「ありますよお。ブドウもありまーす」

「じゃあ、そこに行こうか。遠いんなら明日だな」

「少し距離がありまーす。明日、逝きましょうー」

「行く」がまたしても不穏な発音だったのだが、気のせいだよな。

「あ、イノシシがいる！」

「アタックでえす」

「え、えええ……おいいい～～止まってくれ」

「いけいけどーん」

カブトムシの元主人であるすみよんが手綱を握ったらしく、カブトムシが俺の言う事をまるで聞いてくれない。

願い虚《むな》しく、カブトムシは角の生えたイノシシにひき逃げアタックを敢行する。

ドシイイイイン！

イノシシの角が粉々になって、首もあらぬ方向へ曲がっていた。

もちろん、一撃でイノシシは絶命している。

ピクリとも動かないイノシシを有難く頂き、今度こそビワを採集して宿に戻ったのだった。

行きでビワを回収したんじゃないかって？　残念ながらカブトムシとすみよんが全部食べちゃったのだよ。

あ、余談であるが体当たりしたカブトムシには傷一つ付いてなかった。

閑話一　マリーのお料理

いつもエリックさんにお料理を作ってもらってばかりいるから、わたしも何かしたいなって。

でも、エリックさんに聞いて作ったんじゃ、彼に喜んでもらえないかもしれないかな？

テレーズさんがこんなことを言っていたの。

「サプライズだと普通に渡すよりもっと喜んでくれるのよー」とか何とか。

エリックさんにもっと喜んでもらいたい。わたしのお料理じゃ満足してもらえないかもしれないけど……サプライズならパワーアップするんだよね。

だったら、少しでも喜んでくれるかも！

でも、わたしはこれまでろくなお料理をしたことがないの。

わたしは生まれてからエリックさんの宿に誘われて、彼のお料理を食べるまでお料理と呼べるものにあまり接したことが無いんだ。

わたしが幼い頃、お父さんは怪我《けが》で亡くなっちゃって、お母さんがわたしを育ててくれた。

お母さんは体が弱くて、それでもわたしのために働きに出てくれていたの。だから、暮らしは苦しくて生きるのに精一杯。

それでもお母さんはわたしが十四歳になるまで養ってくれたんだ。だけど、無理がたたったのかお母さんは……。

わたしは元気な体だけが取り柄で、生きるために働こうとした。

でも、まだ大人になっていないわたしを雇ってくれるところはなかなかなくて。でも、お父さんとお母さんの分まで生きるんだって、猫たちと共に頑張っていたの。

う、うーん、暗くなっちゃった……。

今はエリックさんの宿屋で働かせてもらって、お腹《なか》いっぱい食べることができるし、わたしでもお役に立てているって彼が言ってくれる。

今まで人から必要とされることなんてなかったから、とても嬉《うれ》しいの。これほどまで毎日が楽しくなるなんて思ってもみなかった！

ヤギのお世話をしながら、うーんと唸《うな》っていたら唐突に思い出したの！

「そうだ！」

「めえぇ」

突然の大きな声にヤギが驚いちゃったみたい。

「ごめんね」とヤギの首元を撫《な》でると、気持ちよさそうに目を閉じてくれた。

お母さんがわたしの誕生日に毎年作ってくれた特別なデザート。

お母さんから作り方を聞いたわけじゃないけど、何回か一緒に作ったことがあったんだ。

材料はあったかな？

エリックさんが食材を使っていいよ、と言ってくれているから少し分けてもらっちゃおう。

お砂糖が高価だなんて知らなくて、お母さんに酷《ひど》いことを言っちゃったこともあった。思い出すと、あの頃のわたしの口を塞《ふさ》ぎたくなる。

たしかまだ五歳か六歳の頃だったかな。幼いから仕方ないとはいえ、「ごめんね」と謝るお母さんの足に掴まって「甘くないー」とぐずっていた。

「ごめんなさい、お母さん」と心の中で謝罪しつつ、倉庫の前で手を合わせる。

木箱を開けると、あった、あった、あった。これだ。

小麦粉とリンゴ、そして、パリパリする水あめに卵。

お砂糖があるかもしれないけど、高価だから使わない。わたしの拙いお料理にお砂糖を使うなんて勿体《もったい》なさすぎるよ。

エリックさんのお料理でお砂糖を使うと、どれだけおいしいものができるか、想像しただけで口の中に唾液《だえき》が溜《た》まってきちゃう。

ダメダメ、彼のお料理じゃなくて、わたしが作るんだから。

お砂糖がなくたって、パリパリする水あめがあるからきっとお母さんの作ってくれたお料理に近いものができるはず！

どんなお料理かというと、お菓子なの。

「エリックさんが戻るまでに作っちゃわなきゃ」

よおし、と胸の前で両手を握りしめ気合いを入れる。

小麦粉を入れたボウルに水を注いで……あ、先にバターを入れるんだった……。

もう小麦粉に水を混ぜてしまったので、急いでバターを入れるも時すでに遅し。

「で、でも。やり直すわけにはいかないよね。勿体ないもの」

後入れバターだったけど、混ぜて捏《こ》ねる。

ある程度固まったら、またしても忘れていたことに気が付いちゃった。

こ、これで最後まで作れるのか心配になってきたけど、ずううんとしている場合じゃない。

お料理はもう進んでいるのだから。

水あめをぐつぐつして、煮詰める。三分の一くらいの量になったら火を止めて、一部を捏ねた小麦粉の塊に混ぜ込む。

ちゃんと麺棒《めんぼう》で延ばして、捏ねればきっと大丈夫。

「これで生地は完成！」

次はリンゴだ。

リンゴを皮ごと切って、芯《しん》を取り除く。

フライパンにバターを引いて、溶けだしたところでリンゴをそっと載せる。

弱火で、焦がさないように焼いて水あめを絡ませた。

「た、たぶん。これで甘くなったと思う」

生地の形を整えて、完成したリンゴのソテーを並べてっと。

蓋《ふた》をするように生地を重ねて、後はオーブンに。

「……オーブンの火を入れてないじゃないー！　あ、で、でも。パン生地は少し寝かした方がいいってエリックさんが言ってたよね」

良かった、すぐに焼かなくて。

オーブンが温まるまで待ってから、いよいよ生地を焼く。

「あ、あああああ。待って！」

慌てて生地をオーブンに入れるのをやめて、バターを表面に塗り水あめの残りを上からかける。

これで良し！

「そろそろかな、焦げてないかな」

不安で尻尾《しっぽ》がヘナッとなりながら、オーブンを開けた。

ぶわっと甘い香りが鼻に飛び込んでくる。

「ふああ。匂いだけなら、満足ぅ」

ダ、ダメ。呆《ほう》けている場合じゃないんだからね、マリー。

バターと水あめを塗ったからか、こんがり焼けたパイ生地がてかてかとおいしそうに輝いている。

「見た目は大丈夫そう……。お母さんと作ったリンゴパイ、エリックさんは喜んでくれるかな？」

胸に手を当て、ふうと息を吐いた。

気が付けばもうすぐ彼が帰って来る時間じゃない！

急いで残りのお仕事をしなきゃね。

サプライズは大成功！　生地は中の方がちょっと生焼けだったけど、喜んでもらえて良かった！

第四章　息子のことを頼む

マリーとビワゼリーを食す昼下がり。すみよんとの約束であったリンゴとブドウは東の渓谷より更に東へ行ったところにあったんだ。

彼が「遠い」と言っていたので覚悟していたが、カブトムシの速度をもってすれば昼には戻って来ることができた。

予定していた時間より早く戻れるとこうしてノンビリした時間を過ごすことができる。

あああ。いいなあ。こういうスローライフ的な昼下がりって。

この後はマリーと家畜の様子を見て料理の下準備をする作業くらいだ。

「おいしいです！」

「ビワの在庫はたんまりある。客室用のも下処理済みだし、明日もビワゼリーでよければ……いや」

「ビワゼリー、大歓迎です！」

「同じものばかりだと飽きるかなって。パリパリする水あめもあるから、色んなお菓子に挑戦しようかなって」

「わあぁ、楽しみです！」

尻尾がピンと立ち、喜びを露《あら》わにするマリー。

「めええええ！」

「めえええ！」

「ちょ、おま……！」

マリーと家畜を見に行ったのだけど、ヤギたちがやたらと俺にアタックしてくる。

ヤギの「めええ」が、呑気《のんき》なものではなく、剣呑《けんのん》なものなんじゃないかと思うほど。

俺のズボンを引っぱる二頭のヤギを引っぺがし、その隙間にマリーが手を伸ばす。

するとヤギたちが途端に大人しくなり、彼女の手をぺろぺろと舐《な》める。

「ダメですよー、舐めたら」

「あはは」と朗らかに笑いながら彼女がヤギたちを窘《たしな》めた。すると、ヤギたちは舐めるのをやめ、首を上にあげ「めええ」と鳴く。

さっき俺に向けた「めええ」とは異なり、呑気なものとなっていた。

「げ、元気そうだな。ありがとうな、マリー」

「聞き分けの良い、いい子たちなんですよ！」

「そ、そうだな……ははは」

「動物のお世話をすることは大好きなんです。みんな可愛《かわい》いですし」

「お世話といえば猫たちも聞き分けがよくて驚いているよ」

マリーが猫の獣人だからだろうか、猫たちは彼女のお願いしたことをちゃんと守ってくれるんだよ。

廃村はいつ猛獣やモンスターが出現してもおかしくない。何しろ、警備員もいなけりゃ柵《さく》もないからね。

なので、猫たちが自由気ままに出歩くと危険な目に遭うかもしれないから、彼女に宿の周辺から離れないようにお願いしてもらったんだ。

例外はコビトが乗っている時だけ。コビトたちもマリーと同じく猫と意思疎通できるようだから、彼らが猫を使役している時にはお任せしている。

彼らは猫のことを「ケット」と呼び、いたく大事にしているから危ない目に遭わせるなんてこともないだろうからね。

ヤギを撫で、幸せそうな微笑《ほほえ》みを浮かべるマリーを見ていたら猫の獣人だから猫たちが彼女のお願いを聞いてくれるわけじゃなく、彼女の愛情が猫たちに伝わっているからなのかもと思い直す。

きっと猫だけじゃなく、ヤギたちも彼女のお願いを聞いてくれるはず。

さっきだって、俺にやたらとアタックしてくるヤギを止めてくれたし。

ヤギはヤギで気持ちよさそうにマリーに撫でられるままになっている。首まで下げちゃってもう。

「めえええ」

「お、俺は何もしてないだろ」

マリーに撫でられていない方のヤギが俺を威嚇してくる。

撫でられなくて拗《す》ねているのは分かるが、俺に当たるのは筋違いってもんだろ。

順番に撫でようと思っていたのか、マリーがしゃがんで俺にアタックしているヤギと目を合わせるや、あっさりと俺からそのヤギが離れる。

ま、全くもう。

期待通りに撫でられたヤギは満足気で、またしても余ったヤギが俺に向かってきた。

「めえええ」

「だから、何で俺に来るんだよ！」

「あ、エリックさん」

「ん？　仕方ないさ。マリーは一人なんだし」

「はい、わたしは一人ですが……」

そういう意味で言ったんじゃないんだけど、ま、まあいいや。

曖昧《あいまい》な笑みを浮かべていたら、気を取り直した彼女が続きを口にする。

「貝に付着していた黒い藻？　はいつまで干しておきましょうか？」

「全部任せてしまってごめん。そろそろ行けると思うから見に行くよ」

忘れていたわけじゃないんだ……。

先日、テレーズとライザにお呼ばれして湖まで行った時に大量にとったアコヤガイがあっただろ。

あれに付着していた藻のようなものを集めてマリーに天日干しをしてもらったんだ。

踵《きびす》を返すと、マリーが後ろから元気よく声をかけてきた。

「わたしもご一緒します！　次からは一人でできるように」

「アコヤガイは俺一人じゃ取って来れないから、次はいつになるやら。なので、覚えなくても大丈夫だよ」

「いえ。できることを一つでも増やしたいです！」

「お、おう。俺が言うのもなんだけど、気負い過ぎないでくれよ」

「ご心配なくです！　楽しいんです、ここでの毎日が。お客さんも、できることも、エリックさんのお料理も、増えていって」

「俺もだよ。宿の経営に舵《かじ》を切って本当に良かったと思ってる」

冒険者時代も前世日本時代に比べたら激動だと思っていたけど、宿の経営は冒険者時代以上だ。ある程度落ち着いたら変化のあまりない毎日が続くのかな、なんて宿の経営を始める前は考えていたが、まるで違う。

冒険者時代に会うことがなかった、超強力な存在にも会っちゃったし。それだけじゃなくて、コーヒーのおすそ分けまでもらっちゃったんだよな。

今晩飲もうかななんて考えてた。

おっと、コーヒー豆じゃなくてコーヒーキノコな。味わいは同じなので、コーヒーと言っても問題なし。

コーヒーを初めて飲んだ時、マリーは一体どんな反応をするだろうか。眉《まゆ》をひそめるのか、それとも、気にいってくれるのか。

今晩が楽しみになってきたぞ。

一人変な笑みを浮かべていたら、遠くから俺たちを呼ぶ男の声が聞こえてきた。

「もし。宿主殿はいらっしゃるか？」

「なんだろう」とマリーと顔を見合わせる。

「干した藻はもう回収していいと思うのだけど、先に来客からかな」

「ご一緒します」

再度、呼びかける声に対し、足早に移動する俺たちであった。

「宿主殿！　お会いでき光栄です！　お呼び立てし、失礼いたしました」

「わざわざこのような廃村までお越しいただきありがとうございます。どういったご用向きですか？」

立派な全身鎧《よろい》を纏《まと》った騎士が、鉄兜《てつかぶと》を小脇に抱え背筋をピンと伸ばし敬礼する。

鉄鎧の中央には立派な徽章《きしょう》が刻まれ、赤マントも相まって身分の高い騎士なのだろうなと想像できた。

マリーは彼の出《い》で立《た》ちにすっかり畏縮したようで、俺の背後に隠れてしまっている。猫耳だけがチラチラと出ているのが可愛い。

何だか既視感があるんだよな。立派な姿の騎士様って。

一抹の不安を抱くが、宿屋を訪れてもらって対応しないわけにはいかない。

宿主の辛《つら》いところだ。

前世も今世も所謂《いわゆる》「お偉いさん」と接する機会はあまりなく、雲の上の存在だったためどうにも苦手意識がある。

なんだか面倒臭そうだろ？　お貴族様ってさ。

幸い俺の住んでいたキルハイム領の領主であるキルハイム伯爵以下貴族たちが、悪辣《あくらつ》なことをしているという噂《うわさ》を聞いたことはない。

隠されているだけなのかもしれないけど、街の人の噂って案外馬鹿にできないんだぞ。

領主の娘がどうとか、息子がどうとか、色んな情報が酒場なんかに集まって来る。

もっとも、そのような情報は根も葉もないものも多い。しかし、真実が多分に含まれていることもある。

キルハイム領の貴族たちの悪い噂を聞かないというのも、あくまで俺が知る範囲で、疑い出したらキリがない。

自分に関わり合いのある世界でもないし、追求するつもりもないんだけどね。

俺の腹の内など露知らぬ騎士は、手短に用件を伝えてくる。

「我が君『キルハイム伯』より、折り入って宿主殿にご依頼があります。こちらを」

うはあ。

既視感があると思ったら、例のナポレオン時代の軍服風の衣装を纏った領主の直属騎士だったか。

う、うーん。前のように栗《くり》蒸しまんじゅうを食べて帰ってくれればいいのだけど……。

新しい食べ物をご所望でも構わないぞ。彼が来襲してからかなりの食材が追加できたからね。

書状とやらを受け取り、蝋《ろう》の封をぺりぺりしようとした時、高笑いが聞こえてきた。

あああ。来たよ。来てしまったよ。じゃあ、何のために書状を渡したんだ？

騎士だけじゃなくボスまで来たとあってはマリーをそのままにしておかない方が良さそうだな。

都合よくそろそろ大工が来そうな時間帯だったので、彼女に対応をお願いした。

残ったのは俺一人である。さあ、来るがよい！

「エリック！　しばらくぶりだな。『栗蒸しまんじゅう』は実にうまかったぞ。追加注文も受けてもらって迷惑をかけたな」

「い、いえ。大した量でもなかったので」

カイゼル髭《ひげ》がピンと上に張り、筋骨隆々ではち切れんばかりの体つき、そしてナポレオンを彷彿《ほうふつ》とさせる衣装に片眼鏡。

「どこの世界から来た軍人だよ」と思わせる風貌《ふうぼう》であるが、彼こそは俺たちの住むキルハイム領の領主ことクバート・キルハイム伯爵なのである。

一度だけ彼が来た事があって、栗蒸しまんじゅうを納品したことがあったんだ。

それだけの付き合いだったので、俺の名前まで覚えてくれてるとは意外だった。領主ってみんなこうなのだろうか？

偉い人に一度会っただけにもかかわらず名前を覚えてもらえているってのは嬉《うれ》しいものだ。

その辺を分かっていて名前を暗記してい……そうには見えないな、この人。

自称天才錬金術師ほど風変わりではないものの、唯我独尊を地でいくような人だと思っている。

領主だし、我が強くないとやっていけないのかもしれないよね。王とか周辺の領主たちとの関係性もありつつ、信念をもって内政しなきゃならないんだもの。

自分が良いと思ったことに絶対の自信を持てないと、領地経営をすることなんてままならないだろ。

宿の経営をするようになって改めて為政者ってすごいよなって思うようになったんだ。

俺とマリーにしか影響がない宿経営でさえあれやこれやと、明日が不安になるし、これでいいのだろうかと自問自答するんだもの。

これが何万人もの領民に影響を与える領地経営となったら、プレッシャーたるや……俺には耐えられそうにない。

そこで必要なのは何者にも左右されない「我」なんじゃないかな。

なので、唯我独尊というのは領主の資質として好ましいのだと考えている。何が言いたいのかというと、この人は優れた領主なんじゃないかって思ってさ。

とはいえ、優れた領主だからといって会いたいかは別問題なんだぞ。

キルハイム伯爵は親指と中指をパチンと弾《はじ》き、反対の親指と人差し指で髭を挟む。

満足気？　いや得意気？　なのだろうか……？

「我が子、妻ともに美味だと言っておったぞ。いや、沢山寄越《よこ》せと言っているわけではない。職人とは気難しいものでなくてはな。領主だからといって無理難題を押し付けてはいけないものなのだ」

「は、はい……」

無理なら無理と断っていいってこと？

いや、領主から依頼されて「嫌です」とホイホイ言えるわけがない。

なので領主が職人に依頼する頻度と個数を忖度《そんたく》するってことかな。

月に二回くらいで、一回辺り二十～三十個くらいだったら全然余裕だけど、口にしたが最後、納品を求められそうなので黙っておこうっと。

ちなみに彼から依頼された時の栗蒸しまんじゅうの個数は十五だった。

実績としても、個人経営と廃村にある月見草の状態を考慮しての依頼だったってわけだな。

圧倒される俺に対し、彼の勢いは止まらない。相変わらずこちらの話を聞かない人だよ……。

「して、我が息子のことなのだが」

「え……？」

失礼と思いつつも思わず変な声が出る。

そこでさっとカットインしてくれたのが、書状を手渡してくれた騎士だった。

「キルハイム伯爵。宿主殿はまだ蝋印を剥《は》がしておりませぬ」

「お、そうだったのか！　元々、吾輩《わがはい》は予定が付くか分からなかったのだ。そこで書をしたためておったのだが、予定が狂ってしまってな」

「だ、だいたい分かりました」

「分かってくれるか！　お前は実に察しが良い。我が騎士のようだ」

騎士たちの苦労がしのばれる。

要はこういうことだろ。

元々都合が付かなかったキルハイム伯爵は、我が息子のこととやらを書状にした。

書状を届ける予定の日に空きができたので、一緒についてきたが、既に書状を事前に出していると勘違いしたってところじゃないか。

色んな書類をやり取りしているのだから仕方ないのかもしれないけど、俺としては困惑しきりである。

騎士とキルハイム伯爵の視線が握りしめたままの書状に向く。

今開けってことだろうか。手紙って書いた人の目の前で読むと気恥ずかしいというか気まずいというか何とも言えない気持ちにならない？

内容は分かっているのだから回りくどいことをせずに口で言ってくれないかなあ。

騎士はともかく、キルハイム伯爵の目が血走ってこちらを凝視しているじゃないか。怖い、怖いってば！

俺には言えないよ、言葉で説明してくれなんてことは。

仕方ない、読むとしよう。

見事な徽章が押された蝋印を指先の爪でカリカリとひっかく。

ちょ……顔だけ書状に寄って来てるって。息まで止めて、鬼気迫る表情とはまさにこのことだ。

「あ、あの」

「吾輩には構わず開けるとよいぞ。もちろん我が騎士もな」

「宿主殿、私は横を向いておきます」

わ、分かっていても、圧が凄《すご》い。

騎士は気を遣って一歩引き、視線を逸《そ》らしてくれたものの、彼の圧なんてはなから感じていないって。

彼の意図はちゃんと汲《く》んだぞ。

自分が暗に伯爵に行動を示すから、と願ってのことだろ。

君の行動は無駄になった。しかし、その崇高な意志は確かに受け取ったぜ。

戦友に乾杯。

……なんてくだらないことを考えていたら、急にどうでもよくなり蝋印をペリペリ剥がして中を改める。

『吾輩だ。我が息子「ジョエル」を頼む』

一体どんな長文が書かれているのかと思ったら、たったの一行だった。

「吾輩だ」はないだろ、これは酷《ひど》い。一応、一文の下の方に本人のサインがあったので誰だか分かるようにはなっている。

「どうだ?」

「あ、はい」

どうと言われましても……。

困惑する俺のことなど知ったことじゃないキルハイム伯爵は腰に手を当て胸を反らす。

自信満々、威風堂々とした姿はそれだけで絵になるが、内容が内容だけにどう対応したらいいのか笑顔が引きつる。

「そんなわけで後の説明は任せたぞ。我が騎士よ」

「お任せ下さい。主《あるじ》のご命令とあればたとえ火の中水の中」

そのたとえ、絶対おかしいから。

突っ込みたくても相手の立場を考えると突っ込めずにやきもきするよ。

これだからお貴族様ってやつは。

感涙するイケメン騎士様と「うむうむ」と大きなことをやり遂げた感を出すキルハイム伯爵に、すっかり蚊帳の外となった俺である。

本人が来たのだから、息子の紹介をしていかないのか、とかもう言い始めたらキリがない。

「すぐにジョエル様も護衛の騎士と共に参上いたします。今しばらくお待ちを」

「は、はい」

騎士が恭しく礼をする。

そのように敬意を払われる立場じゃないので、むず痒《がゆ》くなるよ。

一方で満足気なキルハイム伯爵はマントを翻し、颯爽《さっそう》と踵《きびす》を返す。

「男爵に会って来る。ではな、エリック」

「少しだけお待ちいただけますか。新作があるんです」

「な、何だと……誠か！　吾輩が頂いてもよいのか？　頂くといっても無料でもらうというわけじゃないぞ。もちろん、謝礼はする」

「は、はい」

ちょうど作り立てだったビワゼリーを包んで、キルハイム伯爵に手渡した。

扉を出て早速食べたのか、「うまいぞおおおお」という声が聞こえてくる。目からレーザーでも出ていそうな叫び声だな。

この人に仕えている騎士って凄いよ、ほんと。

哀れみのこもった目で騎士を見ようとし、慌てて首を振る。

マリーがこの場にいなくて本当に良かった。

ホッと胸を撫《な》でおろすも、すぐに息子とやらがやってきたらしい。扉口が騒がしくなっているからね。

◇◇◇

あの領主の息子だからどんな型破りな人が来るのかと思ったら、大人しい少年だった。

息子と聞いていなかったら、少女と間違えていたかもしれない。

きっとお母さんに似たんだろう。ふわっふわの絹糸のような金髪が肩にかかり、細い眉《まゆ》とキュッとした口元が人形のように愛らしい。

服装はまさにお坊ちゃんといった感じで、青を基調としたベストに白のブラウス、黒の紐《ひも》ネクタイとお上品である。

紐ネクタイのブローチは金でできているようで、キルハイム伯爵の身に着けていたものと同じ徽《き》章《しょう》が刻まれていた。

「ご子息様は御年十歳になられます。この度は宿主殿にお力添えを頂きたく」

護衛の騎士ではなく、最初に会ったイケメンの騎士が口火を切る。

紹介された形の少年はまごまごしたまま、戸惑っている様子。

その間に騎士たちは彼の後ろに控え、揃《そろ》って礼をする。

押し出されるようになってしまった彼はブンブンと首を振った後、両手をギュッと握り口元を震わせた。

大人しそうだと思ったけど、唯我独尊を地で行くあの父と真逆過ぎてビックリしたよ。

騎士たちも立場上、領主の息子を前に立たせないといけないからなあ。

「爺《じい》や」みたいな人が同行していたらフォローしてくれるのかもしれないが、騎士ではそうはいかないか。

よっし、ここは俺から。

「宿屋『月見草』の宿主のエリックだよ。よろしくね」

不遜《ふそん》な物言いに騎士たちがざわつくが、うつむいた少年が両手を横にやって押しとどめる。

だがまだ勇気が出ないらしく、彼はうつむいたまま固まってしまった。

そこにマリーの飼い猫のうちの一匹である三毛猫のニャオーがてくてくと歩いてきて、彼の前で立ち止まる。

じっと彼を見上げるニャオーの様子に彼の緊張もいくらか和らいだようで、ようやく顔をあげてくれた。

「はじめまして、エリックさん。僕はジョエル・キルハイム」

手を差し出すと、おずおずと彼も手を伸ばしてきてくれたので彼の手を握った。

すると、彼も手に力を込め握り返してくれる。

お、ニャオー効果か、喋《しゃべ》っていても目を逸らさず話を聞いてくれそうだ。そうとなれば、さっそく気になっていることを本人に直接聞いてみることにしよう。

「ジョエルくんのお父さんから君を頼むとだけ聞いたのだけど、どのようなことなのか聞いてもいいかな？」

「うん」

コクリと頷《うなず》き俺を見上げてきた彼がまさに声を出そうとしたその時、ちょうど大工たちを連れたマリーが降りてきた。

マリーだけじゃなく大工の二人まで来ては……やっぱりそうだよね。

俺一人の前だけでも緊張していた彼の肩がびくうとなってしまった。

「エリックさーん。明日で工事が終わりなんですってー」

「ありがとう、大工のみんなも！　明日、改めてお礼に行くよ」

「大したことはしていないよ」

「お前は見習いだろ」

中学生くらいの歳《とし》である見習い大工キッドの頭をコツンと叩《たた》くベテラン大工。

「にひひ」と悪びれた様子もなく笑うキッドにマリーと大工もつられて笑う。

彼らの様子を見ていたジョエルが何か言いたそうにして唇を動かすが結局口を閉じてしまった。

猫に続き、大工たち……特にキッドの方に興味を持っている様子のジョエル。しかし、結局彼らが立ち去るまで終《つい》ぞ目を向けることがなかった。

キッドとジョエルは三歳くらいの歳の差だし、ジョエルからすると俺より接しやすい相手なんじゃないかな。

彼にとってキッドは少し上のお兄さんって感じだ。快活で強面《こわもて》のおっさんたちに囲まれても物おじせず、可愛がられている。

俺やマリーに対しても気さくに接してくれるんだよな、キッドって。

彼を見ていると大工たちが我が息子のように可愛がる気持ちが分かる。とにかく接していて気持ち良いんだよな。

マリーも愛されキャラなのだけど、彼と共通していることは「朗らかさ」だ。二人の様子を見たり、喋ったりしているとこちらまで温かな気持ちになれる。

俺？　俺は……自分で言うのもなんだが、気難しいところがあってな。仕方ないだろ、冒険者時代の不遇さで心がささくれ立ってしまったんだもの。

今は随分と癒されてきたけどね。

アリアドネ、すみよん、スフィアといった強者に対してとか、天才錬金術師のような風変わりな人とか、強烈な個性と接することで俺のコミュ力も上昇しているはず。

「ジョエルくん。さっきの大工の見習いはキッドというのだけど、一日中仕事をしているわけじゃないからお昼時に彼も呼んで食事にでもしようか」

「……」

あれ、良い提案だと思ったのだけどジョエルがうつむいてしまった。

彼がキッドに注目する前には事情を喋ってくれそうな感じで、少しは打ち解けたと思ってたのに。

何か彼の気にしていることに触れてしまった？

後ろで控える騎士をチラリと見やると、小さく首を振り苦渋の表情を浮かべた。

分かっているのなら言ってくれりゃいいのに。騎士たちの礼儀とやらが良くわからん。

主人の息子なので、勝手に意見することが失礼に当たるとか？

ジョエルを待たせておいて別室で騎士と会話すればすぐに事情が分かるかもしれない……いや、主人の息子を置いて別室になんて騎士の機嫌を損ねそうだ。

本当にめんどくさい……。こうなることを見越して主人が騎士に指示を与えていたら何ら問題が起こらないのだが、あの性格だものなあ。無理ってものよ。

どうしたものかとじっとジョエルのふわっふわの小刻みに震える金髪を見ていたら、マリーが助け船を出してくれた。

「どうぞ！」

「あ、ありがとう」

コトンとマリーが彼の前に湯気を立てる湯呑《ゆのみ》を置く。

彼にとっても良いきっかけだったのか、ぱっと顔をあげ湯呑を両手で包み込むように掴《つか》み、すぐに手を放した。

一方でマリーは俺にもお茶を出してくれて、後ろで控える騎士たちにもお茶を勧めている。

「熱過ぎたかな？　火傷《やけど》しないように気を付けてな」

彼に精一杯の笑顔を向けぴっと親指を立てた。

俺のおどけた態度に彼もようやく少しばかり唇の端を上にあげコクンと頷いてくれた。

そして彼は意を決したようにギュッと目をつぶって大きく息を吸い込む。

目をつぶったままそっとお茶に口をつけようとしたので、慌てて声を出す。

「きっとすぐに飲んだら熱いよ。飲むにしてもちびちび試した方がいい」

「綺麗《きれい》な緑色だったから、いけるかなと思ったんだ」

「色鮮やかな緑だけど、ちょっとばかし苦いかもしれないぞ」

「そうなんだ」

ははっと笑い合う。

やっと笑ってくれたな。

ん？　彼の発言に違和感を覚える。彼の様子からして、あまり熱くないと思ったから一気に飲もうとしたんだよな？

ところが、彼は「綺麗な緑だから」と言った。

キッドとの食事を勧めてうつむいたのは、ひょっとしたら。

「冷めてもちょっとだけにしてみてよ。ほら、苦くてぶっとなっちゃうかもしれないからさ」

「エリックさんは大丈夫なの？」

「もちろんさ、俺は大人だからな、苦味の良さが分かるんだ。もっと苦い飲み物だってあるんだぞ？　コーヒーと言ってさ、たまたま発見してとても気にいっているんだよね」

「へえ、どんなのなの？　見てみたい」

「よっし、待ってろ。コーヒーができるころにはお茶も冷えてるだろうから」

騎士に目くばせしたら「行って良い」と合図を返してきたので、席を立ちその場をマリーに任せる。

ジョエルが「見たい」と言ったから騎士たちも問題なしと判断したのだと思う。

といってもキッチンから彼の座っている場所は見えるんだけどね。

アリアドネからいただいた鮮やかな緑で抹茶に見えるけど緑茶味の苔《こけ》と、コーヒーキノコが大活躍だ。

さっそくコーヒーキノコを煎《せん》じてジョエルの元へ戻った。

「お、飲んでくれたんだ」

「うん！　とっても苦かったよ！」

「じゃあ。こっちは無理だろうなあ」

「そんなことないよ。エリックさんが飲めるんだもん」

「えー、マジかー、マリーも試してみなよ。淹《い》れて来たから騎士さんたちもどうぞ」

「みんなも飲んでよ、苦いんだって」

ジョエルが声をかけると、騎士たちは一礼してから着席する。

彼ら全員に今度は湯のみではなくマグカップでコーヒーを提供したんだ。飲み辛いことも考慮し、牛乳も用意した。

さて。どんな反応をするかなあ。

俺も着席したが、騎士たちは微動だにせずジョエルも俺の様子を窺《うかが》っている。

おどおどしていた少年の姿はここにはなく、朗らかに笑う少年の姿があった。これが彼の素の状態なのかもしれない。

極端な人見知りなのか、抱えている問題に起因するのか、本当のところはもう少し接してみないと分からないな。

ともあれ、俺にとって夜に飲もうと思っていたお待ちかねのコーヒーである。

遠慮せずに頂くとしようじゃないか。

まずはマグカップを持って漂う香りを楽しむ。うーん。言われなきゃこれがキノコだなんて絶対に分からない。

コーヒー豆を知るのはこの中で俺だけなので、俺以外の人にとっては豆だろうがキノコだろうが同じことか。そう考えると少し寂しい気がする。

気を取り直して、コーヒーの香りを楽しむ。

んー、何度嗅《か》いでもこの香り、たまらないな。アリアドネのところで頂いたコーヒーも格別だったが、今回も変わらず俺を楽しませてくれる。

そっとコーヒーに口をつけた。少し熱いが華やかな苦味が心地よい。

コーヒーはそのまま飲むに限る。

「に、苦いです……」

「緑のより断然苦い！」

マリーとジョエルが渋い顔をした。

ジョエルがコーヒーに口をつけたことで、騎士の二人もようやく一口飲んでくれた。

元からいたほうのイケメン騎士は目を見開き、すぐに二口目を口にする。

もう一方の騎士は一息に飲んでしまった。

恐らくイケメン騎士の方は気にいって、もう一方は好みじゃなかったのかな？

その証拠にイケメン騎士の方の二口目は時間をかけて味わっている様子だった。

「はは、ほら、牛乳を入れて飲んでみるといい」

謎の余裕ぶった顔でマリーとジョエルのマグカップに牛乳を注ぐ。

牛乳で思い出したが、保冷庫の中には豆乳もあるんだ。豆腐を作ることができたので、豆乳も同じく用意することができた。

牛乳は仕入れ品なので、代用品として豆乳を重宝している。ヤギ乳もあるけどね。

ヤギたちは何故《なぜ》か俺に冷たいが、マリーにはよく懐いている。

いずれ肉にしようと思っていたけど、マリーが悲しむかもしれない。肉は狩猟で豊富にあるし、ヤギには天寿をまっとうさせてやるか。

廃村の周辺ってしばらくの間誰も住んでなかった影響で、少し探索をするとイノシシなり野鳥なりがすぐ発見できる。

俺一人で狩猟をしても、急速に狩りができなくなることもないだろう。

イノシシはイノシシもどきも多数含まれているけどね。動物だろうがモンスターだろうがおいしければそれでいいのだ。

牛乳を入れたところ、味がまろやかになったからかマリーは「んー」と猫目を細めて満足している。

しかし、ジョエルはあんまりな反応だった。

「牛乳が苦手だったか。聞かずに入れちゃってごめん」

「ううん、ウェイトレスさんがおいしそうに飲んでいるよ。それで僕は満足だよ」

「ええ子や……。そうだ。飲み物はどんなものが好きなの？　もし在庫があったらいれるよ」

「お水が一番かな。何も混じっていないものが好きだよ。ううん、それしかちゃんと飲めないかも」

会話の中でジョエルは自らの抱える問題を織り交ぜてくれたので、ようやく察することができたぞ。

顎《あご》に手を当て思案顔の俺に対し、何を勘違いしたのかジョエルがとんでもないことをのたまった。

「あれ？　ウェイトレスさんじゃなかったの？　お嫁さん？」

「ぶ！」

コーヒーを噴きそうになったじゃないかよ！

ジョエルの爆弾発言にマリーが耳まで真っ赤になってマグカップを強く握りしめていた。

俺とマリーじゃ年齢差がありすぎないか？

猫の獣人の見た目年齢って人間と同じくらいだよな。見た目から察するにマリーはまだ十代じゃないかなあ。

二十代前半の俺とじゃ少し年齢が離れてない？

そうでもないのか……？

よくわからなくなってきた。俺もジョエルの爆弾発言で混乱しているのかもしれない。

「お、お嫁さんに見えますか。そ、そんな。わたしなんかが……」

恥ずかしがっているだけかと思いきや、マリーも俺と同じく大混乱中のようだ。

ま、不味《まず》いぞ。何とか話を元に戻さなきゃ。

「あ、あのだな。マリーは俺がお願いして宿屋の手伝いをしてもらっているんだ。ウェイトレスだけじゃなく、家畜の世話とかも」

「へえ、そうなんだ。メイドさん？」

「いや、従業員さんかな。う、うーん。それもまだ微妙なところだ。ま、まあ、従業員さんで」

「うん、分かった」

子供ながらの純真さで爆弾発言をしてしまったんだな。悪意は無さそうなので良しとしよう。

そうそう。マリーが従業員だと言い切るのに渋ったのは理由がある。

住み込みで働いてもらっているからとかじゃなくて、もっと根本的な理由なんだよ。

仕事をしてもらうということは、雇うということだ。雇われた人は宿屋の従業員ってなるだろ?

だけど、雇われた人は仕事をするのだから、対価をもらわなきゃならない。

俺はマリーに住む場所と食事を提供しているとはいえ、賃金を支給していないのだ。

なので従業員と表現することに戸惑った。

マリーの事情を曖昧《あいまい》ながらも説明したことで、俺の方は落ち着きを取り戻せたのだけど……マリーはどうだ?

彼女はまだマグカップを両手で握りしめたまま、尻尾《しっぽ》をびたんびたんと上下に振っている。

大丈夫かなあ……。

「マリー?」

呼びかけるが反応が無い。

仕方ない。彼女も一緒に聞いていてくれた方がジョエルの事情を聞くには良いと思ったが、このまま進めるとしようか。

何事も一人より二人の方が、別の角度からの意見も出るしフォローし合うこともできる。

彼女は俺にはない視点を持っているからな。さっきのお茶出しはファインプレーだった。

「ジョエルに聞こうと思ってることがあったんだけど、先に俺の経営する宿『月見草』の従業員を紹介しておくよ」

「お姉さんのことだよね」

「そそ、彼女はマリアンナ。みんなからはマリーと呼ばれているから、マリーと呼んでくれると嬉《うれ》しい」

「分かった。僕もエリックさんに言わなきゃならないことがあるんだ。なかなか言い出せなくてごめんね」

「いいんだ。初対面の大人を前にしたら喋《しゃべ》り辛いだろ」

「うん……知らない人は苦手なんだ。でも、エリックさんは違うよ」

そう言って照れ臭そうにはにかむジョエルは年齢以上に幼く見える。

キッドやマリー、そしてアリアドネから頂いた抹茶風の緑茶苔とコーヒーがあって彼が喋ってくれるようになったことは喜ばしい。

人見知りだと言うが、子供らしく思ったことをそのまま言ってくれるので分かり易《やす》くて有難い。

「は、はいい。マリアンヌことマリーです。え、エリックさんの……きゃあ」

「マリー。空いたマグカップを下げて、また戻って来てもらえるかな？」

「え、は、はいい」

突然立ち上がって自己紹介をはじめたマリーはまだトリップ中のようだ。

俺とジョエルの会話の中で彼女を紹介したところだけ拾ったのかな？

ともあれ、食器でも運んで少しでも落ち着いてくれると良いのだが……。

「あはは、マリーさん、僕を気遣ってくれたんだね。とてもおもしろいや」

「へ、へあ。マグカップを集めますぅ」

ダメだこりゃ……。

でも、ジョエルが喜んでくれたからいいのか、これで。

マグカップを倒しそうになりながら回収するマリーを横目でチラリと見やる。

彼女から目を離すとちょうどジョエルと目が合った。

朗らかに微笑む彼に俺も思わず口元が緩む。

マグカップを手にキッチンに向かうマリーの後ろ姿を二人で眺めながら、頃合いかと思い、いよいよ彼の核心を探ることにした。

先ほどのお茶とコーヒーで何となくなのだが、察してはいるものの彼の口から聞きたい。

「ジョエル。君の味覚は人と少し違うのかな？」

「その通りだよ。それで父様がいい職人がいるってエリックさんを紹介してくれたんだよ」

「職人……あの人らしいな。一応、この宿では食事も自慢なんだ」

「そうなんだ。変わった飲み物が次々と出てきて面白かったよ」

コロコロと良く表情が変わる。これが彼本来の姿なんだな。

味覚に問題を抱え、人見知りが激しくなってしまったのだろうか。

俺の下で味覚の問題が解決するわけではないと思う。生来の味覚ならばそれが変わることはない。

もし偏食なら、やりようによっては改善する可能性もある。

「それで、どのように感じるのかな？」

「味のことだよね？」

「そそ」

「難しいな。普通の人の味覚が分からないんだ。だけど、人がおいしいと思うものがおいしくなくて」

「おいしいと思うものはあるの？」

「リンゴとか、苦いけど野菜も」

「野菜やリンゴに何かかかってたらどうかな？」

「気持ち悪くなっちゃう。ええと、父様が変なことを言っていたんだけど……思い出せないや。ちょっと待ってね」

ジョエルが「うーん」と両手をふわっふわの金髪の上に乗せ、目を閉じた。

考える時に本当に頭を抱える人って初めて見たかも。

子供っぽくて可愛いな。

彼が考える仕草が終わるのを待っていたら、マグカップを洗ったマリーが戻って来た。

そのまま俺の隣に座った彼女はじっとジョエルを見つめている。

その時、パッと目を開けてコンと机を指先で突っついた彼に対し、マリーの耳がぴくんとした。

彼女の大きな猫耳にとっては机をコンとする音でもビックリするのかも。

「思い出したよ。父様は『食のハーモニー』と言ってた」

「なるほど。料理ってさ、食材と食材を組み合わせて、味をつけることで食材同士が味を引き立てあってよりおいしくなるものなんだ。いや、言い切りはよくないな。おいしくしようとするもの……かな」

「そのまま食べた方がマシだよ」

「よっし、ハッキリ確かめるために何か食べ物を持ってくるよ。おいしく食べてもらおうという目的じゃないから、思ったままを伝えて欲しい」

「分かった」

さてと、何がいいかな。

なるべく分かり易く行きたいところだけど、「リンゴなら食べられるって」彼が言っていた。ならリンゴを使うか。

「ほい、これを順に試してみよう」

「甘い香りがするね！」

「匂いでおいしそうだと感じても食べたら別なんだよな？」

「そうだよ、いろんな香りを嗅ぐのは好きなんだ。アロマ？　という精油を父様が買ってくれたんだ」

「へえ、いいな。精油を焚《た》いて寝たら、いい気分で寝れそうだよ」

さて、用意したのはシンプルなものである。

一つはそのまま切ったリンゴ。次がリンゴをパリパリする水あめとバターで炒《いた》めたもの。最後が水あめそのままを器に入れたものだ。

「まずはリンゴから食べてみて、そんで水を飲んで、隣の調理したリンゴを。また水を飲んで最後は水あめを舐《な》めてみてくれ」

「ちょっと酸っぱいリンゴだね。これなら食べられるよ。じゃあ、次行ってみるね」

と言いつつも顔が曇るジョエル。

しかし、俺のお願いを聞いてくれた彼はフォークに水あめとバターで炒めたリンゴを突き刺してパクリと口の中に入れた。

直後むせてしまった彼は口に手をやり、涙目になる。

すかさずマリーが彼の口元へ布を当て、口の中のものを出すように促した。

「無理しないで出してくれよ」

「う、うん」

水をがぶがぶと飲んだ彼は、目を擦《こす》りつつ最後の水あめに挑戦する。

「これは大丈夫。とても甘いね。ちょこっとだけでいいかも。舌が溶けそうだよ」

「ありがとう。フルーツそのものの味なら大丈夫そうだったけど、何となく分かったよ。まだ確実とは言えないけど」

「これだけで分かるんだ。凄《すご》いね！　エリックさん」

「なんとなーくだよ。ジョエルの舌は人より味に敏感なのだと思う。だから、調理すると刺激が強すぎておいしくなくなるんじゃないかな」

「そうかも。ソースがかかっていると別々？　に感じちゃうみたいなことを調理師が言っていたよ」

「確かに、そう感じることもありそうだ」

表現するなら、「味覚過敏」とでも言えばいいのかな。

通常より味覚が優れているジョエルの舌は刺激を感じすぎてしまう。

更に、どこで区切りがあるのか分からないけど、素材そのものの味をそれぞれ別々に感じ取る。

リンゴ、バター、水あめを絡ませているが、それぞれ別々に感じてしまい……あ、炒めたから少しの焦げでも「苦い」と感じるのかも。

結果的に彼は「偏食」になるのだろうけど、努力してどうこうなるものじゃない。

キルハイム伯爵から彼のことを任せると依頼された手前、何かしら彼に協力する気であるが、どうしたものかな。

自分の舌が人とは異なる。そこは彼も自覚するところだ。

だけど、人と異なるからと言って気に病むことはなく、個性なんだって考えているのかな？

いや、割り切れていたら超人見知りになんてなってないと思う。

本来の彼は朗らかで表情がコロコロ変わる、会話も苦にしない子供なんだ。

よっし、俺として手伝えることが何か当たりはついた。

「ジョエルは父様から何て言われて来ているの？　しばらく俺のところに住めとか？」

「一か月後に迎えを寄越すと言っていたよ。ごめんね、迷惑をかけてしまって」

「いや、気にしなくていい。君の父からたっぷりと生活費ももらっているからさ。それを抜きにしても、ここって人が少ないだろ。ジョエルがいてくれるとみんな楽しくなるさ」

「ありがとう。エリックさんとマリーさんとなら僕も大歓迎だよ」

ちらっとイケメン騎士に目を合わせると、彼は深々と頷《うなず》く。

お金はまだもらってないけど、「報酬はくれるんだよね」という意味を込めて彼に目線を送った。

領主の依頼だし、彼の態度からして報酬は問題なさそう。

と言っても、彼の生活費をもらうつもりではなく、彼の住環境を整えるのに必要な魔道具とかがあるからさ。

その辺は領主のお金を使って揃《そろ》えることにしたい。領主の息子が快適に……とまではいかずとも耐えられる環境にはしたい。

ジョエルは歳の割には体が小さく、とても華奢《きゃしゃ》だ。大きな目と丸い輪郭にふわふわの金髪も相まって、事前に息子と聞いていなかったら娘と間違えていたくらい。

彼の体が華奢なのは彼の味覚に起因することかもしれない。

んー、肉や魚は食べられるのだろうか。

「食べられるものを教えておいてもらえるかな？」

「フルーツはそのままだったら大丈夫だよ。あとは葉とか、肉は苦手だけど味付けなしなら何とか飲み込めるよ」

「乳製品はどうだろう？　チーズとか牛乳とか」

「大丈夫だよ。だけど、ヨーグルトに何かを入れる、とかすると途端にダメになっちゃう」

「ふむふむ。卵は？」

「茹《ゆ》でたものなら。塩を振るとダメになるかな」

思案しつつも立ち上がる、俺に釣られるようにしてジョエルとマリーも腰を上げた。

すると騎士たちも揃って直立する。

騎士たちのことは考えないことにしよう。お堅いのが彼らなのだ。

乳製品と卵を食べることができるのなら、栄養は何とかなるか。とにかく素材そのものであれば食べることができる。

塩を振ってもダメになるとは、よくわからないよなあ。

塩気のある食べ物でもそのままだったら食べることができるんだもの、チーズとかさ。

深く考えるのはやめよう。

調味料無しで素材そのままなら大丈夫。味付けをしなきゃいけると思っていたら足をすくわれかねないので注意が必要だな。

ほら、油を引いて炒めたりすると味付けをしているのと同じことだろ。

元々の素材に油が混じるのだから。肉から出る脂で焼く分にはいけそう。

おいおい探っていくかあ。素材の味そのままで味付けせず、が彼の味覚に耐えうる味だと忘れないようにしなきゃ。

フルーツみたいにそのまま切って提供できるもので肉系のような栄養を沢山とることができれば、彼の体つきも良くなるかもなあ。

日本ならサプリメントがいっぱいあるから合うものがあるかもだけど、ここにはそういう便利なものはない。

卵で我慢……肉は無理矢理飲み込むようだから「おいしく食べる」という俺の方針からするとなるべく出したくない。

生のまま、そのままで食べられるタンパク質……大豆とか？　豆腐も試してみるかあ。加工食品だけど、試してみる価値はある。

さて、おもむろに立ち上がったわけだが、もちろん理由がある。

ジョエルは一か月先まで廃村で住まなきゃならない。だけど、宿は客室を確保するためにこれ以上部屋を減らすのは難しいよな。

となると、外で彼の住処《すみか》を確保しなきゃならん。

さっそく彼の住むところをどうしようかと家の外に出てみたものの、使えそうな家屋ってないんだよな。

「エ、エリックさん。あ、あのですね」

扉口でマリーが俺の服の袖《そで》を指先で挟み、恥ずかしそうに上目遣いで俺を見上げてくる。

どうしたんだろう。

「ジョエルくんの住むところなのですが、わたしのお部屋はダメでしょうか」

「そうなるとマリーの部屋がなくなっちゃうよ。でも、万が一の時はジョエルには俺の部屋を使ってもらう」

「で、でしたら。エリックさんはわ、わたしのお部屋を使ってください」

「それだとマリーがぐっすり休めないだろ」

そう言うと「あ、あの、あの」と言いながらマリーが口ごもってしまった。

俺は馬小屋ならぬ厩舎《きゅうしゃ》で藁《わら》を敷いて寝るのでも全く苦痛じゃない。冒険者時代は何もないところで数週間とか何度もあったからさ。

馬小屋と野宿じゃ天と地ほど違うんだぞ。藁は柔らかいし暖かい。そして、雨風を凌《しの》ぐことができる。

木の下だといつ何時襲撃があるか分かったもんじゃないし、寝袋だけだと寝心地も悪い。

それに比べりゃ馬小屋は天国だぜ。ははは。

俺とマリーのやり取りを聞いていたジョエルが肩を竦《すく》め口を挟む。

「エリックさんの宿に迷惑をかけるわけにはいかないよ。父様の無茶な要求に従う必要なんてない」

「本当に無茶ならちゃんと言うよ。俺には案があるんだ」

「男爵が大工を連れて来ていると聞いたよ。でも、家って一日で建つものじゃないよね？」

「そうだな。大工たちはかれこれ一週間くらい作業をしているけど、まだまだかかりそうだ」

そうだよな、うんうん。

普通、家を建てるとなると数日じゃどうしようもない。簡易的な家屋なら何とかなるのかも。

伯爵は宿泊どうするつもりだったのか……いや何も考えてなかったよな。

きっと彼の頭の中では、栗蒸しまんじゅうがおいしかった。なら、息子の偏食も彼のところに行けば改善するかも、よしよし突撃だー。

って思考じゃないかな。

綿密に計画を練っているとは思えない。

「一つ案があるんだ。たぶんいると思うんだけど……」

「そ、そちらに向かうのですか」

「マリーはジョエルとここで待ってて。スフィアのところに行ってくるから」

「は、はい」

カブトムシの鎮座する小屋の方へ体を向けたら、あからさまにマリーが動揺する。

苦手なものは苦手で仕方ない。いくらカブトムシが有能でも生理的に受け付けないのなら無理に接することもないだろうて。


厩舎の隣にあるスフィアの家まで歩いていたら、厩舎を通り過ぎたところで可愛い行列を発見した。

先頭は探していたワオキツネザル。両前脚でリンゴを抱えてご機嫌にこちらに歩いてきている。

彼の後ろには口でニンジンを咥《くわ》え、両前脚でリンゴを持つビーバー四体が続く。

綺麗《きれい》な列をなしてスフィア宅に向かっているようだが、そのリンゴとニンジン……宿のストックじゃあないのか？

「エリックさーん。リンゴもらいますねー」

「ま、まあいいけど……ちょうど良かった。いずれにしろ、リンゴやニンジンを報酬にお願いしたいことがあったんだよ」

「ワタシにですかー？」

「いいですよー。ビーバーたちもいいですかー？」

後ろに顔だけ向けたすみよんがビーバーたちに尋ねる。

対するビーバーたちは歩を止め、揃ってニンジンを地面に置いた。

「びば」

「びばばばば」

「いいそうですー」

鼻をひくひくさせて鳴くビーバーたちとすみよんは意思疎通できるらしい。

すみよんとビーバーたちがのそのそ動き、俺を取り囲んだ。

リンゴとニンジンを持ったまま……。

メルヘンチック？　んなわけない！　こんなもの絵本に出て来るような絵面では決してないだろ。

子供が泣くわ。

「びば」

「びばば」

「『びば』だそうですー」

「分かるかー！」

ぴばぴばと鳴いているのは聞こえた通りで、すみよんが翻訳してくれたのかと思ったら……で、つい大声で突っ込んでしまった。

すみよんは悪意あってやっているわけじゃないんだよな。

動物と人間の考え方の差は大きい。

他人事《ひとごと》だったら漫才を見ているようで面白いんだろうけど、当事者なものだから真剣なのだ。

コビト族と人間は種族差が大きいが、違和感を覚えることは殆《ほとん》どない。

服を着るし、入浴の習慣もあり、サイズが違うだけで人間と考え方が似ているのだと思う。

動物と会話できたり、と人間にはない特性を持っていたりするが、言ったことが伝わる。

一方ですみよんは少し違う。

言ったことを「そのまま」受け取ることが多々あって、中々難しいんだ。

アリアドネの巣に行った時にはそれで危ない目にあった。まあ、俺の不注意と言えばそれまでなのだけどね。

もちろん、すみよんに対し恨む気持ちなんて全くない。

むしろ彼には感謝しきりだよ。カブトムシのこととか記憶に新しい。

どこからあれほど有能な騎乗生物を見つけてきたのか分からないけど、すみよんだから何でもありだ。

何しろ彼はあの赤の魔導士の師匠なのだから。

赤の魔導士は冒険者界隈《かいわい》で伝説となっている超級の元冒険者だ。冒険者が本職じゃなかったんだろうな。

腰かけ程度で冒険者をやっていた時に個人として最高ランクに認定されていた。

そんな彼女の師匠なんだぞ（二度目）。

雲の上のような存在の人でも、強大過ぎるモンスターでも、おとぎ話の世界のようなコビトたちでも接してみたら案外普通なんだ。

考えてみれば当たり前で、偉人も俺と同じ人間だからね。

逆に見た目、何の変哲もない小動物でもとんでもない力を持っている者たちもいる。

そう、両前脚でリンゴを持ち口にニンジンを咥えた小豆のようなつぶらな瞳《ひとみ》のふさふさビーバーたちのような。

「ビーバーたちって何て呼べばいいのかな？」

「びば」

「びばば」

「……ビーバーでいいかな？」

鼻をひくひくさせるだけでよくわからない。「びば」と鳴くためにわざわざニンジンを地面に置く姿が可愛いと言えば可愛いけど。

びばびば鳴くならしばらくニンジンを地面に置いたままにしておけばいいのに、なんて考えるのは俺が人間だからだろう。

どうやら、ビーバーたちには名前を付ける習慣はないらしい。

一応すみよんがビーバーたちに俺の言葉を伝えてくれているみたいで、それでも名前については特にビーバーたちから返答がなかった。

正直なところ、名前があっても個体の識別ができないので助かる。

「すみよん、ビーバーたちにさ。家を作ってもらえるように頼めないかな」

「どんな家がいいんですかー」

「スフィアの家と似たようなもので。細かい指定もできるの？」

「無理でえす。すみよんが家というものがよくわかってませんのでえ」

「そういうことか。部屋なら分かる？　階段とかも」

「なんとなあくでえす。住む人数だけ決めて後はお任せでいいですかー？」

「そんなアバウトなのでも完成するのか、ビーバーすげえ。あ、トイレ用の個室が欲しい」

「分かりましたあ。一人分のベッドやらもお任せで作りますよお」

「うん。スフィアのところと似たような感じで、酒蔵は要らないよ」

思った以上にアバウトな依頼方法だった。

まあ、ビーバーたちは人間の住むような家には住まないし、細かい指定は難しいか。

それでも彼らが人間の家というものを知っていることに驚きだよ。

ビーバーたちの建築能力は既にスフィアの家で実証済みである。

丸太を切り出し、見事な丸太ハウスを作ってしまうのだ。

人間の大工に頼むと数週間がかりでやるところをビーバーたちなら僅《わず》か一日で完成させられる。

一日というのはスフィアの家が僅か一日で建っていたから、実績ベースならそんなもんかなって。

一週間くらいで完成となっても、相当早いし、それでも問題ない。

ジョエルのような人が今後も来ないとは限らないのと、彼が去った後には他の用途に利用してもいい。

「あ、ごめん。もし可能だったら部屋を二つにしてもらえるかな?」

「頼んでみますねえ」

他の用途ってところでふと思いついた。一部屋より二部屋あった方が何かと便利だ。

俺とマリーが宿屋で暮らすのをやめて、ジョエルが使った後に新丸太ハウスで夜を過ごすこともできる。

すみよんが口元を小刻みに動かし、「きゅうきゅう」と鳴く。

すると彼の鳴き声に呼応するかのようにビーバーたちが「びばば」と鼻をヒクヒクさせた。

動物園の微笑ましい光景に見えるが、すみよんがビーバーたちに依頼をしてくれている様子である。

「びば」

「びばば」

「ニンジンとリンゴを一人十個欲しいと言っていますー」

「もちろんだ。それぞれ五十くらいあるから全部持っていってもいいよ」

ビーバーたちが「びばば」と騒ぎ出した。

ほんのちょこっとだけサービスしただけなんだけど、大盛り上がりである。

「すぐにやると言っていまーす」

「もう昼前だけど、中途半端で終わるより明日からの方がいいんじゃ？」

「問題ありませーん。ちゃんと記憶できるんですよー」

「任せるよ。場所はスフィアの家と反対側でお願いしていいかな？」

「分かりましたー。すみよんにもリンゴくださーい」

「リンゴはビーバーたちにあげちゃうから、ブドウかビワでもいい？」

「よいですよー。ちゃんと仕事しますよお」

家を建てるのはビーバーたちだけの力だと思っていたら、すみよんも噛《か》んでいるらしい。

丸太を運んだりするのを手伝っているのか、建築監督者みたいに指示を出したりしているのかどのような活躍をするつもりなのか謎である。

俺としては家ができればそれでいい。

「住む人を紹介するよ……って」

すみよんとビーバーたちは既にいそいそと森に向かってしまっているじゃないか。ニンジンとリンゴを持ったまま。

ま、まあいいか。丸太を持って戻ってきたら挨拶《あいさつ》に行こう。

俺は待たせているマリーたちの下へ向かうとするか。

「家は何とかなりそうだよ」

「大工さんたちに頼んだんですか？」

ジョエルとマリーは宿の食堂で騎士たちと共に座って待っていてくれた。

さっそく家の件を伝えたところ、マリーが目を白黒させて驚いている。あれ、さっき説明をしていなかったっけ。

確か「スフィアの家に行く」と伝えていたと思ったのだけど、俺の勘違いだったかもしれないよな。

しかし、もしビーバーたちが家作りができることを彼女が知っていたとしたら、大工とはならないと思うんだ。

疑問を抱く一方で興味深そうに目を輝かせていたジョエルが先んじて声を出す。

「家が建つところって面白そう！　でも、エリックさん、本当にいいの？　僕は一か月の滞在予定だよ」

「ジョエルは何も気に病むことなんかないよ。元々宿の部屋数を増やしたかったんだ、な、マリー」

不意に話を振られたマリーがブンブンと首を縦に振る。

話が途切れたところで彼女の疑問について尋ねることにしよう。

「マリーにはスフィアの家が建った時の話をしていなかったっけ？」

「赤の魔道士様のお家《うち》は『大魔法』で生まれたのですよね。大魔導士様のお家に伺うと聞いていましたが、それほどの大魔法を即答で受けてくださるとは思っておらず」

「それで大工にと聞いてきたんだな。でも、頼んだのはスフィアでなく、彼女の師匠に頼んだんだよ」

「赤の魔道士様の先生！　近くにいらしてるんですか⁉　わたしにも会ってくださるんでしょうか……」

「気位の高い人ではないし、会いたければすぐにでも会えるよ」

やはりだったか。スフィアの家に行くと伝え忘れたにしても、大工と質問が来たのは話が繋《つな》がらなかったんだ。

それにしても、彼女は「お偉いさんだから下々の者は気軽に会うことなんてできない」とでも考えたんだろうか。

王侯貴族じゃないんだし、リンゴを持ってスフィアの家に行けば勝手に寄ってくる。

マリーはすみよんのことを知っているけど、彼の正体については知らない。

「うお」

噂をすればなんとやら、頭の上に何か柔らかいものが乗っかったようだ。次から次へと忙しい！

一体誰が？　疑問を抱くや否やすぐに答えが分かった。

「エリックさーん。リンゴ……は無いんですねえ。ブドウ、ブドウくださーい。甘いのがいいでーす」

「いつのまに！　ブドウは報酬で持っていっていいってば」

「上からでえす。呼ばれた気がしたので来てみたんですよー。ついでにブドウも頂ければ一石二鳥でえす」

「上って空飛んで来たのかよ。ここ、屋内だぞ」

「想像に任せまーす」

ビーバーと木の伐採に行ったんじゃなかったのかよ。

一体どうやって俺に全く気が付かれずに頭の上に乗っかったんだ。

ここは宿屋の中だから、上から来るにしても天井がある。

可能性は二つ。スカウトらが使う隠遁術《いんとん》ステルスを使って俺の足下まで忍び寄りジャンプした。

もう一つは伝説の転移魔法で俺の頭の上にテレポートしてきたかも。

……なんかもうすみよんに突っ込むのも疲れてきた。

彼についてはそういうもんだと考えることにしよう。

両手をあげてむんずとすみよんのふさふさのお腹《なか》を掴《つか》み、顔の前に持ってくる。

すると長い縞々《しましま》の尻尾《しっぽ》が俺の鼻をくすぐってきた。

「は、はくしょん！」

「落とさないでくださーい」

「そら落とすわ！」

くしゃみをすると同時にするりとすみよんが手元から落ちてしまった。

俺たちのやりとりにジョエルが声をあげて笑っている。笑い過ぎて苦しくなったのか涙目になり体をくの字にするまでになっていた。

「今日はブドウでいいんですか？」

笑いを堪《こら》えて頬が真っ赤になっていたマリーが苦しそうに何とか声を出す。

笑いたいときは笑えばいいんだぞ。失礼とかそんなことは考えなくていいんだ。

「ブドウでぇす。甘いでーす」

「ちょ、待て。マリーからもリンゴを貰《もら》ってたりする？」

「そうでぇす。エリックさーんに貰わない時だけですよー」

マリーには宿にある食材ストックを自由に使っていいと伝えてある。

もちろん、自分が食べる分以外も含んで、だ。

動物好きの彼女は小鳥や小動物に餌をあげることもあるからさ。食材のストックはいつも過剰になるほどなので、彼女が使ったところで宿の食事に影響はでない。

そうそう。餌といえば小鳥にあげるのはどうかと思ったけど、咎《とが》めることはしなかった。

何で小鳥がダメなんだって？

それはほら、猫がいるだろ。せっかく可愛がっていた鳥が彼女に会いに軒先でとまったとしたら、そこに猫が現れて……なんて展開になるんじゃないかと懸念したんだよ。

「マリーはすみよんのこと、どこまで知ってる？」

「どこまで……とは。お喋《しゃべ》りするワオ族のもふもふさんです」

「彼がスフィアの師匠だよ」

「え、ええええぇ！」

今日一番の叫び声が宿に響き渡った。

騎士もジョエルもすみよんが喋ることに驚いた様子を見せていたけど、叫びまではしていない。

マリーの驚きは相当なものだったということだ。

それにしても、お喋りする動物を普通に受け入れていた方が驚きだよ。

どう見ても喋るような身体構造をしていないだろ。それが普通に喋るんだから、只者《ただもの》じゃないって分かるじゃないか。

喋ることの方がすみよんの持つ強力な能力よりも驚くものだというのが個人的な感想である。

ん？　ふと遠巻きに俺たちを見守り一言も言葉を発しない騎士の一人と目が合う。

し、しまったああ！

「すみよん、今からでも家の間取りの注文を変更できるかな？」

「いいですよー」

すみよんの回答にホッと胸を撫《な》でおろし、改めてジョエルに顔を向ける。

「ジョエル、身の回りの世話役も同行するのかな？」

「うん、言ってなかったよ。ごめんね」

「いやいや、俺が聞くべきだった。何人かな？」

「騎士が一人とメイドが一人かな。僕としては一人でもいいかなと思ってるんだけど」

そういうわけにはいかないよな。領主の息子を一人で廃村に置いておくわけにはいかないって。

ん？　メイド？

この場にはいないな。一緒に来ているんだったら、そのうち紹介をしてもらえるだろうから今はいいか。

◇◇◇

「ジョエルさまあ」

「エリックさんー、やっぱりダメですう」

マリーが二人いるように錯覚する。いや、彼女はマリーではない。

涙目で俺を見上げぎゅっと俺の服の袖《そで》を握りしめているのがマリーである。

一方、マリーと錯覚した「犬耳」の彼女はジョエルのメイドだ。

彼女はジョエルの後ろに隠れ「ごめんなさい、ごめんなさい」と繰り返している。

主人の後ろに隠れることはメイドマナー的にアウトなのだろう、きっと。

ここに至るまでどうだったのかというと、話せば長く……はならないな。

ジョエルとちょうどメイドの話をしていた時に「ジョエルさまあ」って荷物を抱えたメイドがやって来たんだ。

しかし荷物が大き過ぎたのかよろけて落としてしまう。

「ごめんなさい」を繰り返す彼女に対し誰よりも素早く反応を返したのがご主人様のジョエルであ

った。

彼女がそそっかしいのは日常茶飯事なのか、慣れた様子で「問題ない」と彼女の背へ手を当てる。

彼の別の一面を見た俺は、歳の割に大人っぽいな、といった感想を抱く。

俺と接していた時は子供っぽい仕草や反応が多くてほっこりしたのだが、部下をちゃんと気遣える姿はさすが領主の息子だなあと思ったんだ。

さてさて、彼のメイドとはそんな出会いだったのだが、馬車に荷物があると聞き騎士たちと共に荷物運びを手伝おうとなった。

そこで今更ながら「そうか、馬車か」と察しの悪い自分にへこむ。

馬車に暮らすための一通りの荷物が積んであり、最悪宿が無ければ馬車で寝泊まりだってできるだろう。

「ジョエルのみ馬車で」となり、メイドと騎士は野宿になっちゃうかもだが。

メイドとのやり取りの様子を見る限り、ジョエルはメイドと騎士を野宿させ自分だけ馬車で寝ることを嫌うと思う。

すし詰めになってでも一緒に寝ようと彼が提案したところで、主人の寝る環境をより悪化させる提案を彼らが受け入れることもなさそうだ。

単に馬車のことまで考えが及ばなかっただけだけど、早急に部屋を準備しようと動いたのは正解だった。

外に出たところで、猫がとことこと横切ったんだ。

それに反応したのがお坊ちゃまである。お屋敷だと猫に会うこともないからか、マリーなら尻尾を振っていると思うほど目を輝かせる。

そうなると当然彼は猫の元へダッシュだよ。

対する彼にロックオンされた猫は厩舎《きゅうしゃ》の壁の下をするりと抜けていった。厩舎は壁の底の方が開いている作りになっていて水が抜けるようにしているんだよね。

何かと水を使うこともあるし、掃除する時に水はけが良い方がやりやすい。

「エリックさん、何あのカッコいい生き物⁉」

猫を追いかけて厩舎に入ったジョエルの興味の対象が完全に別に移る。

両手を広げてブンブン振り、呼びかけてくるのでもちろん彼の元へ行ったさ。

騎士も含めて全員でね。マリーは戸惑い耳がペタンとなっていたけど、意を決したようにギュッと手を握り、俺の後ろに続いた。

厩舎で待っていたものは、美しくメタリックブルーに輝くカブトムシである。

馬やロバと異なり、なんと威風堂々とした姿だろうか。いななくこともなく、微動だにせず鎮座していた。

カブトムシの輝ける姿を見たメイドとマリーが悲鳴をあげたのが今である。

経緯説明は短いと言いつつ案外長くなったな。

要は宿屋の外に出てカブトムシに会ったたってことさ。

「エリックさん！　なんという生き物なの？」

「こいつはジャイアントビートルという騎乗生物なんだ。とあるテイマーさんに譲ってもらったんだよ」

「やっぱり馬じゃないんだね。いいなあ、父様も馬をやめてジャイアントビートルにしたらいいのに」

「はは、結構珍しい生物らしいんだよ。馬より速くて重宝してる」

「すごい！　綺麗《きれい》な色だしカッコいいよ。触ってもいい？」

もちろん、と頷《うなず》くと呼応するようにカブトムシが一番前の右脚をひょいと上げる。

「きゃ」

「ひいい」

微動だにしなかったカブトムシの動きにマリーとメイドから黄色い声が出た。

分かってる、本来の意味での黄色い声でないということは。まあいいじゃないか、楽しくいこう。

やはり少年にとってカブトムシとはアイドル的なものなんだな。カブトムシに触れるジョエルの顔を見てたら、微笑ましい気持ちになった。

俺にもこんな少年時代があった……たぶん。

前世の子供時代の記憶はかなり朧《おぼろ》げだけど、野山でバッタを捕まえて虫かごに入れて、とかやっていたらいつの間にか大量にバッタがとれてさ。

家に帰って虫かごの全てを解放したら……こっぴどく怒られたことだけ覚えている。

碌《ろく》な記憶じゃないけど、今となっては楽しい思い出の一つだ。

「たまにジャイアントビートルの洗車をするんだけど、良かったら一緒にやろう」

「楽しそう！　いつもメリダがお掃除しているところを見るけど、僕もお掃除ができるようになりたいなって。ジャイアントビートルなら大歓迎だよ」

「お屋敷じゃあできないことをここでやろう。ここには何もないけど何でもある」

「あはは、よく分からないや」

「俺もよく分からなくなってきた」

お互いに声をあげて笑う。

ここには街のように何でも揃《そろ》っているわけじゃない。だからこそ、ここでしかできないことが沢山あるんだ。

ジョエルの場合は普段領主の息子ということもあり、何不自由ない暮らしをしている。だけど、掃除やら狩り……は危険だからダメか。

何にしろ、いつもはお坊ちゃんだからと制限されていることを思いっきり体験してもらうつもりだ。

彼の鋭敏過ぎる味覚による偏食はどうにもならないけど、せっかく来てくれたからには別のことで彼の糧になるようにもてなしたい。

大層なことができるのか、と問われると首を横に振ってしまう。だけど、気持ちだけは持っている。

笑いながらもジョエルはカブトムシの角に触れご満悦な様子。

ん、カブトムシを見ていて思い出した。

明日、カブトムシに乗って行ってみるか。家の建築状況次第だけどね。

俺が頼んだことだからビーバーたちの対応はちゃんと自分でするつもりだ。

◇◇◇

「噂に聞く栗蒸しまんじゅうを食べることができるなんて！　ビワゼリーもとてもおいしいです！　いえ、甘い食べ物だけじゃなく貝柱のパスタも絶品です！　初めての味付けでしたが、絶対にお屋敷で出しても好評に違いないです！　凄《すご》い調味料です！」

突如饒舌《じょうぜつ》になったジョエルのメイドことメリダ。食べる時の表情がマリーそっくりである。犬耳と猫耳の違いがあるけど、同じように獣耳をペタンとさせてシンクロしていた。

喋り過ぎたと思ったのか、メリダが真っ赤になってうつむく。

騎士のうちキルハイム伯爵と共に来たイケメンの方は荷物運びの後に主人であるキルハイム伯爵の元へ向かった。

残った俺と同じくらいの歳に見える青年騎士にもジョエルとメリダと一緒に食事をとってもらっている。

騎士ってやつも大変だなあ。ずっと主人であるジョエルを護衛するのが仕事なのだろうけど、喋ることまで制限されているように思えた。ジョエルはまだ若く気さくな方だから、場所を選んでもう少し砕けて喋ってもいいんじゃないかな。

その方がジョエルにとっても喜ばしいのではないかと思う。

しかし他人の家のことに俺が口出しするのは憚《はばか》られるので、心の中で思うに留《とど》めておくことにしている。つい、ぽろりと口にしないように気をつけないとな。

失言で失敗したことは一度や二度じゃない。

「何度食べてもおいしいです！」

メリダと同じ表情をしたマリーも満足気だ。

ジョエルの希望で一緒に食べたいとのことで随分待たせてしまったものな。

みんな相当お腹が空《す》いていたはず。

食事はいつものごとく宿の宿泊業務が終わってからになる。早めに就寝する冒険者だと、そろそろ寝ようかとする時間だ。

料理に満足してくれたメリダとマリーに対し、ジョエルの分は個人的に不満の残るものになった。

そうそう、騎士にもマリーたちと同じ食事を提供したのだけど、思わず上がる口元なんかから多分満足してくれてると分かった。

「もうちょっとおいしく食べられるものを模索していくから楽しみに待っててくれよ」

俺がそう言うとジョエルが微笑みを浮かべ、こんなことを返す。

「僕の味覚が変なのだから仕方ないよ。でもさ、こうしてみんなでお喋《しゃべ》りしながらの食事って楽しい！　いつもは一人か父様とだもの。メイドも執事も騎士も、いたとしても後ろで黙ってるだけ」

「遅い時間でよければ明日からも一緒に食べよう」

「うん。メリダの楽しい一面も見れたしさ」

「ジョ、ジョョエル様あ。切に切に申し訳ありません」

俺たちの会話に頭を擦り付けんばかりにして割り込み謝罪するメリダ。

恥ずかしさからか顔が真っ赤になっている。

そんな彼女を笑みを崩さず見ていたジョエルが騎士に目を向ける。

「ランバートもお屋敷じゃないのだから、もっと砕けた感じでいいんだよ」

「滅相もありません！」

話しかけられた時のみ口を開く若手騎士ことランバートは襟を正し会釈した。

お堅い彼にジョエルは続ける。

「あはは、団長の一番弟子と言われるランバートだけあるよ。でも、ランバートにはランバートの考え方があるんだよね。僕は命じることが好きじゃないんだ。だから、ランバートの思うままでいいよ」

「有難きお言葉。このランバート、ジョエル様を御守《おまも》りする任に当たらせていただき、恐悦至極にございます！」

ほらね、と困ったように俺に顔を向けるジョエルに微妙な笑みを返してしまった。

おっちょこちょいだけど真面目で誠実なメイドに、お堅過ぎる騎士と天真爛漫《てんしんらんまん》な主人。

良い組み合わせと思うよ。

だってジョエルが素の状態で接することができている二人なのだもの。

最初、彼に会った時の引っ込み思案ぶりを思い出してみると、あまりの差に本当に同一人物かと疑うほど。

「よっし。片付けるとするか。ジョエル、今晩は俺の部屋を使っていいからね。ランバートは同室でジョエルを御守りするんだったよな」

俺の言葉に二人がこくりと頷く。メイドのメリダは乗ってきた馬車でお休み予定だ。

ビーバー建築が終わるまではこの体制で夜を過ごす所存である。

解散し、ジョエルとランバートと共に一風呂《ひとつぶろ》終えてタオルを干しに二階に上がると、マリーが自分の部屋の前で待っていた。

彼女はメリダと一緒に風呂へ行ったのだけど、まさか男たちより風呂からあがるのが早いとは、と少し驚く。

浴衣から覗《のぞ》く首元を桜色に染めたマリーがおずおずと口を開いた。

「あ、あの。エリックさん」

「随分早いんだな」

「メリダさんがとても早くて。メイドたるもの、とか言ってました」

「そうなんだ。風呂くらいゆっくり入ればいいのに」

「いつもはお屋敷のメイド専用の湯浴みで、体を拭《ふ》くのだそうです」

「主人に仕えるために身綺麗にしなきゃだものな」

この世界の一般人は風呂に入る習慣がない。宿に泊まっても風呂があることの方が稀《まれ》だ。

それでもずっとそのままなのかというとそうではない。二日に一回くらいは水桶《みずおけ》と布で身体を綺麗にする。

こうして毎日風呂に入ることができるのは、贅沢《ぜいたく》なものなのだ。

貴族や富裕層以外で毎日風呂に入ることのできる層は俺のように風呂付きの宿を経営している者くらいじゃないかな。

しかし貴族に仕えるメイドや騎士は主人の手前、身体を清潔に保つ必要がある。

なので、お屋敷には彼らのための施設があるというわけだ。

水じゃなく湯浴みというのは中々に贅沢なものなのだよ。お湯を沸かさなきゃならないからね。

水より湯の方が汚れが落ちるから、という快適さじゃない理由で湯になってるかもしれないけど。

「あ、あの」

また振り出しに戻った様子……。

俺が変に話を変えてしまったからだな。

遠慮がちなマリーが何か言いたげにもじもじしている。

「どうしたの？　何か問題があったかな？　メリダと一緒に寝たいとか？」

「ね、寝、ひゃあ」

尻尾《しっぽ》を逆立てたマリーが自室に引っ込んでいった。

気になるけど、明日聞いてみるとしよう。今日も色々あって既に眠気が半端ないからさ。

カブトムシの鎮座する厩舎《きゅうしゃ》は広く、あと三体くらいカブトムシが入るほどなんだ。
藁《わら》も積んであって、そのまま寝ることができるようにしてある。
今夜はカブトムシと共に夜を過ごすのだ。
「ふああ」
やばい、立ったまま寝そうだよ。
すぐさま厩舎に移動する俺であった。

閑話二　ライザとテレーズ

「エリックくんとマリーちゃんは今頃忙しくしてるかなあ」

「さあな。口を動かさず手を動かして欲しい」

「いーだ。口だけじゃなくちゃんと動いてるもん。ほら、火をつけたよ」

「本当に口が達者だな、テレーズは」

集めた小枝に種火となる藁を置き、慣れた仕草で火をつけたテレーズ。

彼女の言う通り、喋りながらでもちゃんと淀《よど》みなく動いている。

対するライザは彼女と会話することに集中していたためか、肉を切る手が止まっていた。

「そうかなあ。そんなことないよお。ライザは口か手しか動かせないんだね」

「すまない」

「急がなくたっていいんじゃないー。私とライザだけなんだし」

「用があれば先に終わらせたい方なんだ。気にならないか？」

「んー、別にーかなー。残ってたら残ってたでいいんじゃないって感じ」

「適度に息抜きして、ということだな」

「あははー。でも私みたいなのが二人だと冒険にならないよ。ライザがいてくれなきゃ」

「私もだ」

お互いの信頼関係を確かめ合う。

街で仕事をする者たちにとっては気恥ずかしい行為であるが、彼女ら冒険者にとっては異なる。

時に命を預けることもある冒険者にとって信頼関係というものは必須《ひっす》の項目だ。

冒険者以外の者は「大袈裟《おおげさ》だ」と言うが、夜営する時のことを想像してみて欲しい。

いつモンスターが襲撃してくるか分からぬ状況であれば、全員が一斉に就寝することはできない。

交代で見張りを立て夜間の安全を確保するわけだが、警戒に当たった者が勝手にいなくなってしまったらどうだ？

ただ逃走するだけならまだマシで、寝ている間に金品を奪い追えぬように足を刺したとしたら？

日常的に起こる夜営だけでもこうなのである。

困難な敵に命がけで挑む時になれば、夜営などの比ではないほどお互いの信頼関係が大事になってくるのだ。

故に大人数のパーティというのは難しい。

二人のように大きな依頼をこなせずとも気楽に行きたいと願う者は二人か三人でパーティを組む。

二人だと夜間も大変であるが、人間関係に悩まされずに済む方が良いと彼女らは判断した。

彼女らもたまに他の二人組と組むこともある。

だが、女性であることが災いしたことも一度や二度ではない。エリックと彼女らが初めて会った時の彼女らの警戒ぶりがその証左である。

もっとも、彼にはまるで彼女らを害そうという気はなく、すぐに打ち解けはしたが……。

「ねね、ライザー。依頼が終わったから、いいでしょー」

「そうだな、私もそのつもりだった」

テレーズが包みを開くと中にはぼんやりと蛍光緑の光を放つ小さな果実のようなものが入っていた。

彼女らは冒険者ギルドの依頼で「光る芋」を採取すべく街を挟んでエリックの住む廃村と逆方向まで来ていたのである。

最近廃村のある方向の依頼を意図的に受けていたのだが、報酬の関係から今回は別のものにした。彼女らが夜営する巨木の下から丸一日歩けば小さな村がある。そこにはエリックの経営するような宿は一件もない。

そもそも、村人もいない廃村で宿を経営するなど前代未聞の出来事なのだ。

更に彼の宿は他にはないおいしい料理と岩風呂を楽しむことができる。それなのに、街の宿とそれほど値段に違いが無いという破格のものであった。

旅の途中でモンスターを気にせず休むことができるだけでも有難いことなのだが、街の宿以上に質が良いとくれば飛びつかないわけがない。

「その芋でも、エリックのところに持っていけばおいしくなるのだろうか？」

「えー、これがあ？　うーん、でもエリックくんなら案外……だって、ねえ」

「テレーズ、何だそれは?」

「おやつだよお。日持ちするものって頼んだらエリックくんが作ってくれたんだー」

カラカラと笑い指先で摘《つ》まんだ平べったい丸い焼き菓子をフリフリするテレーズ。

対するライザは火にかけようとした鍋《なべ》を地面に置き、ワナワナと肩を震わせている。

「その形は見たことがある。せんべいの一種だろう」

「あたりー、そうだよー」

「私に内緒で今まで隠し持っていたとは。ひょっとしてこれまでも食べていたのか?」

「ううんー、全部で四枚しかないんだ。ほら、二枚はライザのだよ」

「それならそうと、突然食べ始めなくてもいいだろうに」

「あははー、ビックリさせようと思って。依頼完了記念に食べようかなーっとね。ライザも食べるよね?」

「もちろんだ」

「でもまだお預けだよお」

と言いつつテレーズが焼き菓子とせんべいを半分ほど口に含む。

ギリリと歯を鳴らすライザの剣幕に彼女はどこ吹く風といった様子でまるで動じていない。

「ほらほら、鍋を火にかけないと。エリックくんから買った味噌《みそ》を使うんでしょー」

「そうだ、先に火にかけたほうが良いな」

納得したのかライザは鍋を掴《つか》み焚火《たきび》に寄せる。

彼女の動作が終わると同時に「はい」とテレーズがせんべいを彼女に渡した。

「ほう、これはまた変わっているがおいしいな」

「うんうんー、片側がしょっぱくてもう一方が甘いの。どっちの面を舌に載せるか悩むよねー」

二人は片側が塩味、もう一方がパリパリする水あめを塗ったせんべいを楽しむ。

その後はお待ちかねの味噌で味をつけた鍋だ。

獲物は森で狩った鹿と山菜である。臭みが強い肉でも味噌とこれもまたエリックから買ったショウガを入れるとおいしく食べることができた。

「そういやエリックは元冒険者だったんだよな」

「そう言ってたねえ。一緒に湖に行った時にも思ったけど、エリックくんなら普通に冒険者でもやっていけると思うよ」

「本人は回復能力が、とか言っていたな」

「それ以外のところでも活躍できると思うよー。ちゃんとモンスターを警戒していたし、罠《わな》を張るのも上手な気がするー」

鍋を食べると自然とおいしく食べることのできる調味料を提供してくれた人の話題になる。

「全部食べちゃったし、次は廃村近くの依頼を受けようよー。何なら、休暇でもいいよー」

「そうだな。街に戻って依頼を見てから考えるとしようか」

喋《しゃべ》りながらも二人の食べる手は止まらない。

すぐに鍋が空になり、「ふう」と同時に満腹の息を吐く二人なのであった。

第五章　魚介類はよいものだ

翌朝、朝日と共に目覚め厩舎の外に出る。

ん、宿の向こうに建物の一部が見えるぞ！

ビーバーたちが夜通しで頑張ってくれたのかな？

昨日はすみよんが突然俺の頭の上に現れただけで、その後ビーバーたちの姿を見ていない。すみよんもあれから姿を見せなかったし。

実は夜に活動する生態だった？　ビーバーって。

俺が最初に川でビーバーと出会った時は昼間だった。彼らに作業をしてもらったのも昼間だったんだよな。

あの時、テキパキと作業をしていたビーバーたちだったけど、実は眠たかったとか？　それなら悪いことをしたな。

うーん、といっても昼間にリンゴやニンジンを咥《くわ》えて運んでいたりするし、実際のところどっちなのか分からない。

なんて考えながら、宿屋を横切ると思わず声が出る。

「うお、マジかよ！」

そこには立派な丸太ハウス調の家が建っていたのだ！

夜の間にここまで作業を終えたというのか……凄《すさ》まじいなビーバーたちは。

スフィアの家が僅《わず》か一日で建ったことは記憶に新しい。なので、ビーバーたちにお願いしたらすぐに家が準備できると思っていた。

しかし、しかしだぞ。新築は俺の想像の上をいっていたんだよ！

ジョエルの仮宿として使ってもらうつもりの新築はスフィアの家より一回り以上大きい。しかも二階建てである。

部屋数を増やすようにビーバーたちにお願いしたものの、スフィアの家と同じくらいのサイズを想定していた。というのは、酒蔵スペースを部屋にすればそれなりの部屋数が収まると思っていたからだ。

宿の半分近くのサイズがあるこの家の中が全て宿の客室のように分割されていたとしたら、一体何部屋になるんだろ。

これだけの規模の家を僅か一晩で完成させるとは、恐るべしビーバーたちとすみよん。

俺の気配に気が付いたのか、たまたまなのか分からないけど、二階の窓からワオキツネザルが顔を出す。

「エリックさ――ん。できましたよー」

「夜通し作業をしてくれたのかな？」

「いえー。朝まではかかってませんよー」

「マジかよ、完成ってことは中も？」

「もちろんですー。見ますかー？」

窓からジャンプして落下してきたすみよんが俺の首に長い縞々尻尾《しましましっぽ》を絡めて俺の肩に乗る。

それにしても外観からして凄《すご》い。

丸太作りの家はテラスがあって、木の椅子とテーブルが置かれているんだよ！

椅子は丸太を切った切り株風で、テーブルは一枚板でできている。テーブルに触れてみると、ささくれなどもなくするりと指触りが良い。

ニスとか塗っていたりするのかな？　これなら木くずで怪我《けが》をすることもなさそうだ。

テラスには屋根があって、その奥に入口扉がある。扉前は一段高くなっていて、登りやすいように一段の階段もちゃんとあった。

「広い！　吹き抜けになってるのか」

「二階に三つ部屋がありますよー」

一階は間仕切りがなく、奥にキッチン、右手壁沿いには暖炉がある。

暖炉周りだけ石造りになっていて、ちゃんと使う時のことも考えられていた。

暖炉前にロッキングチェアが置かれているのも憎い演出だ。俺もここでうつらうつらしたいよ。

動物の毛皮とかを暖炉前に敷いたらいい感じになりそうだな。

一階の入り口窓上は吹き抜けになっていて開放感も抜群だ。二階にあがる階段は光が入るようにとのことなのか、横板のみの階段になっていた。

床はフローリングで、温かな木のぬくもりを感じさせる雰囲気を醸し出している。

壁もちゃんと板が張られていて、外観は丸太ハウス調だったのだけど雨風が入らぬように、との配慮かな。

丸太はともかく、板とか石ってどうやって作っているんだろ。

やはり、ビーバーの鋭い歯でかじかじしているのだろうか？

「こいつはすごい。おしゃれ過ぎるだろ！」

「部屋は全部同じ作りでーす」

部屋もまた素敵だった。

出窓があって、小さな机と椅子にクローゼット、そしてセミダブルサイズのベッドが設置されたシンプルなものだ。

ここに布団と服を運び込んだらすぐにでも住むことができるぞ。

トイレ用の空間まで準備されていて恐れ入った。

もちろん、ビーバーたちにトイレで用を足す習慣なんてないよな？　あったらあったで見てみたい気がする。

「どうですかー」

「もう何から何まで想像の上過ぎて言葉も出ないよ。ありがとう」

「すみよんも頑張りましたー」

「ビーバーたちに沢山お礼をしなきゃだな。リンゴとニンジン、それに葉物野菜も追加しよう」

「ワタシも欲しいでえす」

「もちろんさ。すみよんはどんなことを手伝ってくれたの？」

ふと疑問に思って聞いてみたが、聞かなきゃよかった……。

「いろいろですよー」

「ほほお。たとえばどんなことを？」

「丸太を運んだり、ビーバーたちでもできることを手伝ったりー」

「すみよんにしかできないこともあるの？」

「ありますよー。ビーバーたちはモノが作れても、どのようなモノを作ればいいのか伝えないとなのですよー」

「おお、すみよんがデザインした家だったんだな」

「すみよんはすこーしだけでえす。多くはそこにありました」

そこってどこだよ。

肩に乗ったまま俺の頭を長い縞々尻尾でぺしぺしやるすみよん。

ぞっとした俺はこれ以上彼に聞くことをやめた。

「あ、まあ、いい家ができたから良しだ」

「そうですねー。好きそうなものを選びましたからー」

「も、もうその話はいいって。……選ぶって」

「選ぶは選ぶですよー。ワタシの腕の見せ所でえす」

怖い、マジ怖いから。

つぶらなすみよんの黒い瞳《ひとみ》が光ったような気がした。

「そ、そろそろみんな起きて来ると思うから、家の完成を伝えに行くよ」

「ワタシも行きまーす。リンゴくださーい」

すみよんを肩に乗せたまま宿屋に移動する。

家の完成を伝えると、マリーまでもが開いた口が塞《ふさ》がらない様子だった。

朝食を終えたらすぐに寝具などの運び込み作業をすることになったのだけど、生憎《あいにく》俺は不参加だ。

というのは、ちょうど暇そうにしている宿泊者を捕まえて手伝いをお願いしたんだ。俺一人だとやれることにも限界があるからね。

頼んだ時は俺も引っ越しの手伝いに参加するつもりだったのだけど、他の予定ができたので不参加になった。

心苦しかったのだが次にいつ来るか分からない機会だったので、お手伝いしてくれる宿泊者には謝罪して回ったんだよ。

ちょうど親しくしている冒険者ゴンザとザルマンが宿泊してて、彼らの予定が空いていて一緒に魚を獲《と》りに出かけることになった。

次にいつ彼らと出かけることができるかわからないし、悩んだ末に引っ越しの手伝いへの不参加を決めたというわけである。

◇◇◇

「また新しい家が建っているじゃねえか！」

「昨日泊まった時にはなかったぞ。一体どうなってんだ、この廃村」

髭《ひげ》もじゃとスキンヘッドが揃《そろ》って驚きの声をあげる。

髭もじゃは冒険者時代からの仲で現在も現役冒険者のゴンザ。もう一人も同じく冒険者で現在の彼の相棒であるザルマンだった。

他の冒険者とパーティを組んでいることがあるものの、ほぼ二人での宿泊だったと思う。最近は休暇を兼ねてのことも多々あるんだって。そんな時は気ごころ知れた二人で酒を飲みにやって来るといったところか。

いや、彼らはそもそも二人組なのかも。冒険者として二人組はそれほど珍しくはない。ライザとテレーズもそうなのだけど、二人組はモンスター討伐ではなく採集をメインにしている。モンスター討伐依頼を受ける時には他の二人組と組んだり、三人パーティに加わったりして依頼をこなす。

彼らの見た目的に超好戦的だと思ってたんだけど、そうでもないのか。ゴツイ武器を携えているしさ。

冒険者時代の俺はソロだったんで、二人組にも三人組にもそれ以上のパーティにも参加したことがある。ほぼ一回きりでお役御免になってしまったけどね。

遠い目をしていると、ばあんとゴンザに背中を叩《たた》かれ我に返る。

仕方ないじゃないか。冒険者時代の灰色の記憶が蘇《よみがえ》ってきたんだから。

「魚を獲りに行くのに俺たち二人も要るか？」

「釣りだろ。男三人でのんびり釣りも悪くない」

俺の返事を待たずに二人で何か納得し合っている。

彼らには「魚を獲りに行く」とだけ説明していたので、詳細は知らない。

敢《あ》えて詳細を伝えず、ちょいと驚かせてやろうと思ってね。そんな二人に向け倉庫から取り出したるは「網」であった。

ずずいと網を更に前に出すと困惑した様子で顔を見合わせる二人。俺の本気ぶりが伝わっただろうか。

「網で一気に行くのか？　廃坑近くの川だろ？　もう少し下流まで行かなきゃ網は辛《つれ》えぞ」

「近くの川には行かない。北の湖って知ってるか？」

「知ってるぜ。いつも真珠の採取依頼が出てる。一回やってみたが、真珠なんぞそうそうとれるもんじゃねえな」

「そこでこの網だ」

「北の湖で俺も網を引っ張ったぜ。重いのなんのって。男四人でようやくだったぜ。しかし、何で突然北の湖なんだ？」

「そりゃこれから向かうからだよ」

「へ……？」

ゴンザとザルマンの声が重なる。仲がいいな二人とも。

網はもしかしたらと思って持っていくだけで、メインどころではない。

しかし、新情報だ。網を一人で引っ張り上げることは近接戦闘をする冒険者でも不可能である。

おっさん四人集まれば可能か。

「しっかし見事な家だな。俺もこんな家に住んでみたいぜ」

名残惜しいらしく、ザルマンが首を伸ばし丸太ハウス調の新築を見ていた。

見る分にはいくら見てもらっても構わないが、ここでふと疑問を抱く。

「一人でこんな大きな家に住んでも掃除が大変なだけじゃないか？」

「いやこいつさ、嫁さんと子供がいるんだよ」

「え、えええええええ！」

ビーバーが家を一晩で作った時と同じくらい驚いた！

どこからどう見ても鄙《ひな》びた独り身の中年おっさんであるザルマンが、ザルマンが、所帯持ちだって？

いやいやいやいや、大きく首を振りしゃがみ込む。

そんな、そんなはずは。

「おいおい。この歳《とし》になれば嫁のいる奴《やつ》の方が多いぜ」

「ゴンザもまさか」

「いや、俺は独り身だぜ。何かと身軽な方がやりやすいだろ、冒険者って奴はよ」

「もてないだけだろ。この髭」

ザルマンの鋭い突っ込みに何か喋《しゃべ》ろうとしたゴンザの動きが止まる。

「ま、まあ。行こうぜ。実は良い騎乗生物を譲ってもらってな。そいつで北の湖まで行くつもりだ」

「馬でも結構な時間がかかるぜ。それに俺たち大の大人が三人もいけるのか？」

「問題ない。三人なら試したことがあるからな」

「お、おうよ」

ライザとテレーズの二人よりゴンザとザルマンの方が重たい。

しかしだ。ゴンザとザルマンは軽装で、ライザのような分厚い鎧《よろい》を身に着けているわけではないので、差し引きするとそんな変わらないんじゃないかな。

半信半疑の二人を連れてカブトムシが鎮座する厩舎《きゅうしゃ》へ入る。

二人は少年のように目を輝かせて「こんな奴がいたのか！」とはしゃいでいた。おっさんがはしゃいでいる姿を見ても、げんなりするだけで何もときめかないな。

俺も人前では抑えるようにした方がいいかもしれない。

◇◇◇

そんなわけでやって参りました北の湖へ。

カブトムシの速さとアクロバティックな動きに二人は興奮しきりだった。

「すげえな。まだ太陽が真上まで上がってねえぞ」

「そらそうだ。少し遅めの朝食にしよう。腹が減ってはだからさ」

空を見上げるゴンザの肩をポンと叩く。

初めてのことなので、どれだけ漁ができるか分からないけど楽しむことが一番のつもりでやってみよう。

マリーが持たせてくれた布を地面にふわりと敷いて、布が飛ばないようにザルマンを重石《おもし》にする。

空いたゴンザは俺の手伝いをしてもらって、食事の準備に取り掛かる。

といっても、飲み物と包んだおにぎりだけなんだけどね。

本当は手をかけてくれたマリーと一緒に食べたかったのだけど、「せっかくなので」と彼女が言ってくれてこうして用意して持ってきたというわけなのだ。

「なんか黒いな。食べられるのかそれ?」

「エリックが食べられないものを出すわけねえだろ。おにぎりって奴だろ。以前食べたじゃないか」

「お、あれはすぐに食べることができて、腹にも溜《た》まる。それにうまい」

「新作を食べられるなんて、エリックの手伝いをするのも悪くねえな」

なんか好き放題言ってくれるおっさんども。

彼らの言う通り、包みから出てきたのは真っ黒のおにぎりだった。

そう、この黒色の薄い膜のようなものはマリーが伸ばして乾かしてくれたものだ。

アコヤガイの殻に引っ付いていた苔《こけ》のようなものからできている。

「海苔《のり》という食べ物だよ。味見してきたけど、バッチリいける」

「へえ、お前さんの頭の中は一体どうなってんだ。次から次へと見たことのないものを。んぐんぐ」

「うまいな、塩味がきいて。中に入っているのは塩を利かした魚か。これまたおにぎりに合う」

説明している最中だってのに、言ったそばから食べ始める二人であった。

お口にあったようで良かったよ。

じゃあ、俺も食べようかな。

「いただきます」

手を合わせて水を一口飲んでから、おにぎりに手を伸ばす。


あー、食った食った。さあて、腹も膨れたところでいよいよ北の湖に挑むとしようか！

北の湖は広い。湖面にはさざなみが立ち、岸辺には波が押し寄せる。この湖には大きな特徴があるんだ。それは水が汽水であるということ。汽水なら川と違った魚や貝などがいるだろ。

どんな魚介類が眠っているのか楽しみで仕方ない。

前回はアコヤガイに狙いを定めてやって来たのだけど、今回は違う。できれば色んな種類の海産物を集めたいところ。

といってもアコヤガイの貝柱はなかなかに美味で、貝殻からは海苔も取れることもあり、欲しい食材であることは確かなのだけどね。

「んで、どうすんだ？　網を投げてみるか？」

「うーん、前回はこの辺りで網を投げたんだよね。別の場所にしようかな」

ゴンザの問いかけに悩む俺。

対する彼は顎髭《あごひげ》に手を当ててなるほどと返す。

「獲ったばかりならその方がいいかもな！　貝ってあんま動かねえんだろ」

「貝の種類による……と思う。地曳《じび》き網《あみ》にするかは少し待って」

釣りじゃ日が暮れるまでやってもあまり量が取れないだろうから、網が主力になることは確か。

だけど、どんな形で網を利用するのかは試してみなきゃ何とも言えないよな。

「徒歩で」と思ったがせっかくカブトムシがいるので、乗ること五分。

切り立った地形が無く、周囲に大きな木もない砂浜を発見した。よし、ここでいいか。

ゴンザが砂浜から見える湖面に対し目を細め腰に手を当てる。もう一方のザルマンはカブトムシコンテナをゴソゴソしてもらっていた。

「網を一回投げてみるか」

「釣りならあっちの磯《いそ》かなあ」

「釣るより仕掛けを作って網の中に入るのを狙うってのはどうだ」

「そんなんで魚が獲れるのかよ。いや、やってみないと分からないか」

素人があれやこれやと考えを巡らせても良いのか悪いのか分からない。

話すより行動だ。魚介類が目的だけど、せっかくの砂浜である。砂浜なら地曳き網が良いだろう。

何しろ、投げて引っ張るだけと簡単だ。地面が砂だったら引っ張りやすいはずだからね。

岩場だったら底まで網を入れずに引き上げる……とかになるのかなあ。

そこでふといいアイデアが浮かぶ。

ポンと手をうちついつい大きな声を出してしまった。

「あ、そうだ！」

「ん、どうした？」

「おおーい、こいつでいいのか？」

少し離れたところで網を広げるザルマンにゴンザと俺が揃って親指を立てる。

三人で協力しできる限り遠くに網を投げ込……全然遠くに飛ばないじゃないか！

仕方ないので服を脱ぎ湖の中へ網を持って入る。

冷たいが耐えられないほどじゃないな。

湖で男三人裸である。

酷《ひど》い、酷すぎる絵面だ。マリーとテレーズとライザに差し替えを希望する。

……それはそれで想像したら覗《のぞ》きをしているようで嫌だな。

つまらないことを考えている間に網の設置が終わる。全裸の俺はぶらんぶらんさせながら、浜辺をぺたぺた歩き、カブトムシを手招きした。

首を上げカサカサと俺の元にやってくるカブトムシの角を撫《な》でる。

「よし、ゴンザ、ザルマン。カブトムシの持ち手になる角に網を括《くく》り付けよう。カブトムシなら俺たち三人で引くよりパワーがある」

「確かに！　良いアイデアじゃねえか！」

手を叩いて喜ぶゴンザももちろん全裸であった。もう服を着ても良いんじゃないかな。

ほら、ザルマンは着替えを終えそうじゃないか。

「くしゅん！」

「先に服を着るか」

俺のくしゃみにゴンザが肩をすくめ首を振った。髭から水が飛び、犬かよと感想を抱いたのは俺だけの秘密である。

彼もまた俺と同じようにブルリと体を震わし盛大なくしゃみをした。

はやる心を抑えつつ、急ぎ着替えを済ませてカブトムシの背中を手のひらでペタペタとする。

頼んだぞ。カブトムシ！

「いけー」

カサカサ、カサカサ。

淀《よど》みなく網を引っ張る頼もしいカブトムシ。

もっとはやく網を引っ張り上げることもできそうだけどここは慎重に。

「お、おおお」

「すげえな。さすがの馬力だぜ」

「これは楽でいい」

感嘆の声をあげる俺にゴンザとザルマンも続く。

あっという間に湖から網が出て来て、浜辺を網がズルズルと進む。

頃合いをみてカブトムシの動きを止める。

うはあ。かなり泥を引きずってきたんだな。これは俺たち三人でも厳しかった。

ゴンザとザルマンが俺と同じくらいの筋力ならば、と条件がつくけどね。

二人が俺の倍ほどのパワーがあれば、引っ張ることもできたと思う。

カブトムシはまだまだ余裕っぽい感じだったから、もう一回網を引いてもらっても問題なさそうだな。

「ありがとうな」

カブトムシのコンテナからビワとリンゴを取り出して彼の口の前に置く。

さっそく彼はシャリシャリと食べ始めた。

「フルーツを食べるのか？」

「うん。フルーツだけでこの馬力。凄《すご》いだろ」

「たんまりと肉を喰《く》うかと思ったが、そういや馬も草だけだったよな」

「そういやそうだな。肉を食べなくてもこれだけのスタミナとパワーを出せるってことか」

「俺には無理だぞ。肉と酒がないとな！」

「俺も俺も！」

酒という単語に即乗っかってくるザルマンである。

やれやれだぜ。

さてさて、お楽しみの網の中はどうなっているかな。

「魚も結構引っかかっているな」

「貝やらカニっぽいものとかまあまあじゃねえか」

魚は大きく分けて遊泳魚と底生魚という種類がいる。

遊泳魚は水の中を泳いで生活している魚でマグロとか鮎《あゆ》とか、流線型の魚って感じのフォルムをしているものが多い。

対して底生魚は海底や湖底で生活する魚で平べったいヒラメやカレイ、エイといった魚が代表的なものだ。

砂地だったらこれらの魚が砂に擬態するなどして近くを通った魚をバクっとしたりする。

ヒラメかカレイが一見すると砂地から突然出て来て魚を丸のみするシーンを覚えていてさ、それで砂地なら地曳き網でも魚が獲れるかなと思ったんだ。

結果は上々である。

平べったい魚とか砂の中で生活しているだろうムツゴロウっぽい魚が網にかかっていた。

湖底を歩いているだろうカニやヤドカリなんて生物もいたし、一回で十分な量を獲ることができたぞ。

ここから食べられそうなものを選別し、まだ持ち帰れそうなら二回目の地曳き網に取り掛かろう。

「ぐしゅん」

「まだ冷えてるんじゃねえのか？」

「いや、服を着たし体を動かしているからなあ」

「モテてんじゃねえか。羨《うらや》ましいこって」

「どこからそう繋《つな》がるんだよ！」

ゴンザが汚らしく笑う。何で突然モテるとか出て来るんだ？

あ、そういうことか、ようやく理解したぞ。

人に噂《うわさ》されるとくしゃみが出るとかいうあれだな。日本だけの習慣かと思いきやまさかの別世界でも同じような表現があるとは驚きだよ。

誰かが俺を噂していたのかなあ。マリーが遠出した俺を心配してくれていたり？

んー、狩りや採集はいつものことだからなあ。心配して噂をするなんてことは無いと思う。

あるとすれば、ジョエルとマリーかメイドのメリダが喋《しゃべ》っていて俺の話題になったとか？

激しくゴンザに突っ込みを入れて、それにゴンザが応じようとした時、待ったがかかった。

「ゴンザ、エリック！」

「すまんすまん」

「ごめんごめん」

お喋りして手を止めていた俺とゴンザに対し真面目に黙々と網を漁っていたザルマンからお叱りを受ける。

手伝ってもらっている方がサボるのは良くないよな。うん。彼を見習って一心不乱に作業をしよう。

しかし、またしてもゴンザが邪魔をしてくる。ザルマンの言葉などどこ吹く風な彼であった。

「おい、見ろよ。この変な魚」

全くこの髭、仕事をする気があるのか。

いや、彼らにとっては休日にアウトドアを楽しんでいるようなもの。普段の仕事もアウトドアなだけで、一応オフはオフ……のはず。

お手伝いの手間賃は渡すけど、冒険者として依頼書にサインしたわけじゃないものな。なので休日と言っても支障はない。

ならば、彼にお願いしたホストとして休日の髭をもてなさねば。

仕方あるまい、不本意であるが髭に付き合ってやることにしようではないか。

「随分大きいがそいつはメゴチ……っぽいな。湖底に棲《す》む魚ってさ、ヒレを地面に突けるようになってるものが多くて。ほら、こうペタンと」

「なるほどなあ。こんな変な形の魚でも喰えるのか？」

「味見してからじゃないと確実とは言えないな……だけど、多分うまいと思う。こっちの似たようなのはトゲに触らない方がいい」

「革手袋をつけたままだし平気だろ」

「自分の冒険用のものをそのままか。洗うのが大変だぞ……」

「泥だらけなんてしょっちゅうだ。なあ、ザルマ……すまん」

再びザルマンにお叱りを受ける俺とゴンザであった。

いやあ、ホストとしてもてなそうとしてだな……は、はあい、手を動かしますとも。

それにしても、湖底の砂地から獲れた生き物たちは俺の想像と異なっていた。

繰り返しになるが北の湖は汽水だ。

汽水は海水とも淡水とも異なる独自の生態系を築いている。汽水はそれほど珍しい場所というわけではない。海と川が混じるところは汽水になってるのだからね。

あくまでも地球の生物と比べてにはなるが、網に入っていた生物には海にしかいない魚や貝、カニなどが含まれていた。

それだけじゃなく、淡水にしかいないであろう巻貝も入っていた。

でもまあ今更か。川でワカメが取れたりする世界なのだから。

コーヒーがキノコだったりするし、カブトムシに騎乗できるし、地球と比べるのも変な話だ。

この世界はこの世界。地球は地球。頭では分かっていてもどうしても地球の生物と比べてしまうんだよな。

これまでの料理だって日本食を再現しようと苦心してきたけど、多くの食べ物は地球と同じものなんだよね。

小麦、大麦、大豆といった植物から牛や羊といった動物まで。主食だってパスタもあるし、パンもある。

意識せず生活していたら、食生活については地球との違いを感じ取れないほどに。

だけど、細かいところを見ると違うんだ。

身近なところだと鶏《とり》はおらず、似た種類のボーボー鳥という鳥を家畜にしている。

味は鶏そっくりなのだけどさ。

俺としては素材が異なるにしろ、味の再現ができればいいと思っている。

注意することは地球では毒の無い生物だったものが、こっちでは毒物かもしれないということ。

多少の毒であればお得意のヒールを付与した衣類と湯治でなんとかなる。なので、食べたことのない生物でも挑戦してみようとする原動力となっているのだ。

今のところ毒物に当たったことはないのだけど、今後も大丈夫とは限らない。

初めて食べる時は注意しなきゃだよ。俺のいないところで勝手に食べないように注意しておかなきゃな。

もっとも、マリーはもちろんのこと。ゴンザらも不用意に何でも口にすることはない。

俺もそうだったが冒険者たちは毒への警戒心が強い。腹を下す程度だったとしても戦闘に支障が出るし注意力も散漫になる。

これが致命的な怪我に結びつかないとは言えないだろ？

「よし、こんなもんかな」

「もう一回やるか？」

「うーん。もうジャイアントビートルのコンテナは七割くらい埋まってるんだよな。帰りに果物やらを採集したいからこれで終わりにしようか」

「おう。思ったより早く終わっちまったな」

「報酬を少なくしたりすることはないから安心してくれ。もちろん、清酒もある」

「楽しみだ」

「だな。楽しみだ」

今度は注意するわけでなく乗っかって来るザルマン。

酒だけじゃなく、今夜は新鮮な魚や貝にカニまであるぞ。

試食して問題ないか確かめてからになるけど、知っているものも獲れているからそっちはすぐに提供できる。

「予定よりかなり早いし、ジャイアントビートルで湖の周囲を見て回ってから帰る、でもいいかな？」

「おう」

「全然問題ない。むしろ助かるぜ。次に北の湖の依頼を受けた時のためにもなる」

二人の了解を取ってから広大な湖の岸をぐるりと回ることにしたんだ。

すると、廃村から見て一番遠い場所にあたるところに特徴的な木が群生していた。

大きな葉っぱに沢山の房がついていて、南国って感じの木。

カブトムシを止めて、黄色の果物に触れてみる。

歪曲《わいきょく》した果物を繋げたら円になりそうな既視感がある果物……いやこれはバナナで間違いない！

「こんなところにバナナが。冬になれば雪が降りそうなところなんだけどな」

「それ食べ物なのか？」

「恐らく。食べてみなきゃだけど、コンテナに入るだけ入れて持って帰ろう」

「おう。手伝うぜ」

意外なところで思っても見なかった果物を手に入れてホクホクの俺であった。

◇◇◇

「おかえりなさい！」

う、うーん。笑顔が素敵なマリーなのだけど、今は笑顔なのか引きつっているのか難しいところ。

帰ってくるとマリーが出迎えてくれたのだが、カブトムシが「よお」と脚を上げたからか彼女の尻尾《しっぽ》の毛が逆立っていた。

それで彼女は謎の笑っているような引きつっているような表情になってしまったのだろう。

厩舎《きゅうしゃ》の壁からそっと顔を出して引っ込むジョエルの姿も見えた。彼の近くにはメイドと騎士もいる様子。

ちょうど太陽の光が彼らの影を作り、俺のいる位置から三つの影が確認できた。ジョエルは人見知りが激しいので、おっさん冒険者二人を連れているから遠巻きに見ているんだと思う。

「荷物を出すから台車をお願いしていいかな？　あ、厩舎の外まででいいからね」

「す、すいません。ジャイアントビートルさんがどうしても」

「生理的なものだろうから仕方ないよ。乗ってみたら案外大丈夫になるかも」

「か、考えておきますう」

ぴゅーと宿屋の方へ走り去ってしまったマリーである。

カブトムシは大きさは違えどまんま虫だからなあ。腹を向けて脚をうぞうぞしていると、苦手な人だったら卒倒するかもしれない。

虫が大丈夫な俺でも巨体のカブトムシがひっくり返った姿を想像すると寒気がした。

色がメタリックブルーだから平気なだけかもしれないと思い直す。

鎮座していると虫というより車やバイクぽいものな。大きさは軽自動車に近いけど、中に乗り込むわけじゃないのでバイクなのかも。

どっちでもいいか。

バイクは難しいだろうけど、自転車って作ることはできないのかな？

この世界で一般的なのは馬か馬車だ。他にはトカゲの大きなのとかもいたりする。

テイマーが連れている騎乗生物を稀《まれ》に街で見かけることがあったけど、大きな狼《おおかみ》とかダチョウなどがいた気がする。

俺の乗るカブトムシのように馬より速い騎乗生物もいたりして、地球とは比べ物にならないほど沢山の騎乗生物がいるのだ。

地球だと馬、ロバ、ラクダ……他にもいたっけ。

バリエーション豊かな騎乗生物たちであるが、やはり生物は生物。人工物とは異なる。

餌は必要だし、飼育するための小屋も準備しなきゃならない。

馬か馬車が一般的と言ったけど、街の人で一家に一頭の馬がいることは珍しいんだ。

移動が多い冒険者もテイマー以外の者が騎乗生物を飼育していることはほぼない、と思う。

少なくとも俺の知っている冒険者たちは誰も馬を持っていない。

じゃあ彼らは移動する場合全て徒歩なのかというと途中まで馬車のことが多かったりする。

話が逸《そ》れてしまった。街中で生活する場合に馬を飼育することは稀の稀であるので、移動は徒歩になる。

もし自転車があったのなら、値段にもよるがすぐに普及するはず。

これまで徒歩だった移動が自転車になると時間短縮にもなるし、物まで積むことができるんだ。

それも、手で持つより格段に楽に持ち運ぶことができる。

台車には劣るけど、日常の買い物くらいだったら自転車の荷台で事足りるだろ。

なんて妄想したが、自転車があってもここじゃそのまま利用することはできないな。いや、宿屋から川までなら自転車で楽々移動できるか。

そう、道が整っていないと自転車は使えない。廃村地域はともかく、その外に出ると不整地だもんな。

馬車や馬ならなんとかなっても自転車じゃでこぼこ道は危ない。

「エリック、ここに一旦《いったん》置けばいいか？」

「少しばかり休んでてくれ。台車を持ってきてからにしよう」

しばらく妄想を花開かせていたが、ゴンザの声で現実に引き戻された。


「お、おお、こいつはたまらんな。変な形の魚、うまいじゃねえか」

「清酒ってやつは魚に合う。こいつはいい」

「だろお」

本日の宿のメニューはもちろん北の湖で獲って来たばかりの新鮮な魚と貝、カニだ。

小さいカニは素揚げして塩を振って、メゴチとヒラメは包丁を入れ捌《さば》いてこちらも天ぷらにした。

味見をしたけど、汽水とは思えぬほど海の魚ぽくてビックリした。

今晩の食事のためにちょこっと味見をしただけに留《とど》めている。

ああああ。宿の仕事が終わるのが待ち遠しい。

ザルマンのやつ、カニをバリバリしつつ清酒を流し込んでやがる。あれ、絶対おいしいやつだ。

カニは親指の先ほどの小さなものだけど、小さいからこそああして素揚げで丸ごと食べることができる。

「ほい。追加もってきたぞ」

「お。なんだか黒い揚げ物だな」

「昼に食べただろ。海苔《のり》の天ぷらだ。結構いけるから食べてみ」

「おう。ありがとうな！」

「お好みで塩か、そっちの薄めた味噌《みそ》だまりを使ってくれ」

って、もうそのまま食べてるじゃないか、二人とも。

人の話を少しは……他から注文が入った。目の回るような忙しさだな。

マリーもてんやわんやだし、二人でレストラン業務をこなすのも中々様になってきた。

嬉《うれ》しい悲鳴ってやつだけど、実際仕事に追われまくっている時は恨めしくなる。

ジョエルの滞在が終われば、ビーバーとすみよんが建築してくれた新丸太ハウスも利用して客室を増やしたいところ。

そうなれば、俺とマリーだけじゃ維持することは難しそうだなあ。

宿を拡張する前にマリーに給与を渡さなきゃだし。いろいろ後回しにしていることをやっちゃわなきゃな。

「エリックさーん。魚介スープを追加でー」

「あいよ」

ああああ、鍋《なべ》の火を弱めてこなかった！

マリーからスープの注文が入り、鍋のこともあり慌ててキッチンに戻る。

「噴いてる！」

「きゃ！　エリックさん、どうされたんですか？」

叫び声をあげたときにちょうどキッチンに戻って来たマリーに聞かれてしまった。

「火が強すぎたみたいで、味見してから出すからちょっと待ってね」

「もちろんです！　味見……」

「終わってからたんまりと食べよう。今は我慢の時、我慢するほどおいしく感じるものなんだ」

「そうですね！」

「って俺が自分にそう言い聞かせてつまみ食いするのを我慢してるんだけどな」

あははと笑うとマリーも朗らかな笑みを浮かべる。

さあ、あと少しだぞ。ゲームはもう終盤戦だ。

◇◇◇

「これが、おいしい？　という感覚なのかな？　どうなんだろ、メリダ」

「ジョエル様あ！」

感極まった様子でメリダがぽろぽろと涙を流す。

普段無表情に努めている騎士のランバートでさえ、目が赤くなっている。

彼らにとってはいつもと違ったジョエルの食事風景が想像の斜め上どころか、天地がひっくり返るほどの出来事だったのだ。

俺としても、まさかまさかの反応でビックリだよ。

本日の食事は北の湖産の魚介類の炭焼きだ。

すると、あろうことかジョエルが自分からフォークを伸ばし始めた。

彼はフルーツなら「まずい」と思う事なく食べることができる。一方で「生きるために必要だから」焼いただけで味付けしていない肉も食べると聞いた。

実際、食事はどうしようと昨日はフルーツと牛乳だけで誤魔化したんだよね。チーズも出したけどあんまりだった。

目をつぶって飲み込んでいたし。

彼は素材に味付けをすると途端に食べられなくなる。素材そのままを出さねば食べることができないのだ。

なんという料理人泣かせの舌なのだろう。しかし一番苦しんでいるのはジョエル本人であるのでいたたまれない気持ちになる。

そんな悩みを抱えた彼は極端な人見知りになってしまった。幸い俺とマリーには打ち解けてくれて、メイドと騎士の二人と同じように接するようになってくれている。

「食べられそうでよかったよ」

「うん！　これなら大丈夫だよ！　自分から食べたいと思ったことなんて、フルーツ以外で初めてかも！」

興奮した様子のジョエルに「うんうん」と目尻《めじり》を下げ微笑《ほほえ》みを返す。

彼の舌はとても特殊だ。分かったことは「素材そのまま」で「焼く」「蒸す」なら大丈夫だったということ。

調理法だと「揚げる」はダメだ。油が混じるからなのだと思う。

塩を振っても、油を引いてもダメなんだよな。

だけどさ、肉や魚にはいろんな味が混じっているだろ。「そのまま」なら平気なのに、素材そのものに含まれている味を混ぜたらダメになる。

本当に彼の舌はどうなっているのか皆目見当がつかなかった。

なので俺は彼の舌の解明をすることは早々に諦《あきら》め、なんとか素材そのままで味がついているものをと考えたわけなんだ。

元日本人である俺がパッと思いついたのは刺身だった。

川魚を刺身にして出しても、お腹《なか》を壊しそうだし、海の魚を調達できたとしても、怖いよな。

衛生状態なんてまるで分からないし、生のままで食べる習慣も料理もないなか挑戦するのは博打《ばくち》過ぎる。

そこで北の湖のことを思い出したんだ。

そのまま焼いて出すのではなく、汽水なら良い感じの塩味になるかなと思ってさ。

汽水に棲息《せいそく》している魚介類なら汽水を飲んで生きているだろ。だったら、焼く時に汽水をかけても大丈夫なんじゃないかって。

答えはジョエルの食べっぷりを見ていたら分かる。

炭火でじゅうじゅうと焼かれたホタテっぽい貝に口をつけ、ハフハフと食べるジョエル。

ホタテっぽい貝は貝殻を開いてそのまま網で焼くワイルドスタイルだ。

その様子をじーっと見ていたマリーも真似《まね》をして焼き立てのホタテを貝ごと皿に載せ口をつける。

「あ、熱いです！」

「ほら、水。猫舌なのだから冷ましてから食べるべし」

「で、でも。ジョエルさんがおいしそうに食べていたんで」

「熱さはどうしようもないって。熱いからおいしいと感じる人もいるけど、人それぞれさ。マリーはマリーのおいしいと思う食べ方で食べるのがいいって」

「そうですね！　ふーふーしてから食べます！」

あははと笑い合う俺とマリーに対し、遠慮がちに口を開いたのはメイドのメリダであった。

「あ、あのお。これは一体どんな秘密があるんですか？」

「これってジョエルが食べられること？」

「は、はい、そうです。塩味がついているのにジョエル様がそのまま食べられることが不思議でして」

「どうかな？　魚介類の炭焼きは？」

「おいしいです！　ほのかな塩味と熱々の焼き立てなのがたまりません！」

「はは。ジョエルだって同じことさ。この魚や貝はさ、味付けに使った汽水に棲《す》んでいた魚介類なんだ。飲み水をかけただけで味付けじゃなく、素材そのままだったってわけさ」

「そうなのですね！　エリック様の慧眼《けいがん》恐れ入りました！」

マリーとそっくりな表情で「様」とか言われると座りが悪い。

宿屋の主人につける敬称じゃないよな。ま、まあ、思いっきり否定したら彼女を困らせてしまいそうだからそっとしておくとしよう。

「魚の飲み水だったから、かあ。言われてみるとフルーツにも水分が沢山入っているものね」

「甘味もフルーツが本来持っているものだから平気なんじゃないかってさ。だから、汽水もという発想だったんだ。一応、ジョエルだけじゃなく宿のお客さんでもおいしく食べられるようにしたつもりだよ」

「「おいしいです！」」

ジョエルの問いかけに応じたら、マリーとメリダが口を揃《そろ》えて魚介類の炭焼きの感想を述べる。

何度も「おいしい」って言葉を聞いているけど、何度聞いても嬉しいものだよな。

汽水をかけるだけの料理だったけど、これでも味付けを考えているんだ。

それが功を奏したとなると、嬉しくなるものだよね。

それだけじゃなく、俺の拘《こだわ》りもあった。

それはジョエルと食卓を囲むみんなが同じものをおいしく食べられること。

彼だけ別のものを食べたとしたら、おいしく感じても半減してしまうと思って。俺だってみんなと一緒に食事をすることで、おいしさが一段上がる。

みんなで楽しく食べれば、よりおいしくなるってね。

「さあ、まだまだあるぞ。何を焼く？　魚にするか？　それとも貝？」

「僕は貝がいいな」

「わたしはどっちでも！」

「メリダとランバートは？」

勢いの良いジョエルとマリーは即答したが、残りの二人は主の反応を見ていた。

こればかりは仕方ないか。貝をメインで焼くことにしよう。

もう少し慣れてきたら、ひょっとするとオフの時くらいは自分を出していってくれるかもしれない。

「よおし、ガンガン焼くぞお！」

謎の気合いのこもった声で、貝を網に並べる俺であった。

◇◇◇

「ふああ、良く寝た」

魚介類の炭焼きの後は岩風呂《いわぶろ》にゆっくりと浸《つ》かりながらお盆に載せたつまみと熱燗《あつかん》を楽しんだ。

いやあ、生きてるって感じがするよね。毎日の楽しみとしたいところであるが、週に多くても二日までと決めている。

ついつい飲みすぎちゃって寝るのが遅くなっちゃうんだよね。肝臓が心配だとか二日酔いなんてことは心配していない。

忘れがちだが、俺の宿屋は「全快する宿」なんだぜ。布団に付与したヒールでぐっすり寝れば酒の影響が完全に抜ける。体調もバッチリになるんだぞ。

しかし、寝不足はどうにもならないんだよね。

回復するはずなので、寝なくても二十四時間動き続けることもできるんじゃないかと思っていたが無理だった。

ヒールは怪我だけじゃなく体力や毒を治療してくれたりもするのだけど、寝不足は解消できない。一体どんな仕様になっているのか、使っている本人が分かってないというどうしようもない状態である。

調べろよ、と言われましても法則が分からないので経験に基づきケース判断するしかないのが現状だ。

とはいえ、これまでの経験からだいたい治療できるものとできないものは分かっている。それで十分じゃないかな？

まとめると、酒を毎日飲むのは危険だってことだな。うん。

マリーが酒を飲まないのが幸いした。彼女も酒好きなら毎晩酒宴が開かれていたかもしれない。

隣に酔っ払いが住んでるじゃないかって？　いやいや、あの酔っ払いと酒を酌み交わすのは無しだ。本人も一人で飲むようにしているし、酔っ払った時に遭遇すると絡み方が酷い。

本人も自覚していて気にしているので、なるべく夜は彼女の家に寄らないことにしている。

昨晩は厩舎《きゅうしゃ》で寝て特に不満はなかったのだが、自分の部屋で寝た方が格段に落ち着くな。まだこの地に来てからそう時間は経《た》っていないけど、すっかり俺の住む部屋という感覚が染みついていたようだ。この地に根を下ろすつもりでやって来た俺としては、「落ち着く」という感覚を実感することができてちょっとばかし嬉《うれ》しい。

このまま順調に宿屋経営がうまくいくことを願う。そのための努力は惜しまず注《つ》ぎ込む所存である。

コンコン。

気合を入れたところで扉を叩《たた》く音がした。

「おはようございます！」

「おはよう、すぐ出るよ」

当然のことながら扉を叩いたのはマリーである。もしかしたら宿泊客かもとおもったけど、まださすがに早すぎるよな。

俺とマリーは朝日と共に目覚め動き始める。

ちゃちゃっと動ける準備をしてから朝の作業と希望するお客さんに朝食を作る仕事があるから早起きなのだ。

でも彼女が朝からこうして俺の部屋を訪ねて来るとは珍しい。何かあったのかな？

『適当にくつろいでおく』とは言われたのですが、エリックさんに一応お知らせをと思いまして」

「知らせてくれてありがとう。ジョエルの新居で何かあったのかと思ったよ」

「ジョエルさんたちは早くに就寝されておりましたが、特に何も、です」

「俺のところにもジョエルたちからは何も来てないよ」

マリーはわざわざ来客を告げに来てくれたのか。朝早くから来客の相手をしてくれて頭が下がる。

彼女の働きっぷりを見習わなきゃ。

「一階にいるのかな？」

「はい、お水だけお出ししてます」

とのことなので マリーには朝の仕事をお願いして、いずれにしろ朝食を作るためキッチンに向かう必要のある俺は来客に挨拶《あいさつ》しに行くこととなった。


来客とは見知った二人だったので気が楽だ。もしかしたら「吾輩《わがはい》」とか「ぱりぱりだね」が朝っぱらから来ているのかもとヒヤヒヤしていた。

彼らならこちらの都合など気にせず深夜であろうが思い立ったら訪ねて来る。ああでも、考えてみりゃ静かに待っていないよな。

「吾輩」と「ぱりぱり」が来たら必ず騒がしいのでマリーに呼ばれる前に気が付く。

「朝の仕事が終わるまで待っててもらえるか？　ついでに二人の朝食も作るよ」

「ありがたい。部屋は空いてるか？」

「今日まで宿泊のお客さんばかりだから、この後空くよ」

「助かる。二日分の料金を払おう」

「いや、一日分と朝食代でいいよ。その代わりと言ってはなんだが、朝に部屋の掃除をしてから翌日までそのままにしたいけどいい？」

「もちろんだ」

同意を得たところでそのまま待っててもらい、キッチンへ。

「エリックくーん。牛乳もらっていい？」

「いいよ、そこにあるから持っていって」

「ありがとう。ついでにこの変わった果物も食べていい？」

「お、そいつに目をつけるとはお目が高い。その保冷庫の中にヨーグルトがあるから器を出してヨーグルトと一緒に食べるのがオススメだ」

「わあい。じゃあ、頂くね」

そう、見知った二人とは冒険者のテレーズとライザだった。

今キッチンにひょこっと顔を出したのはテレーズの方。

ライザは椅子に座ってじっと待っている。

「甘ーい、おいしい」

「確かに甘いな」

二人の声にふふふと笑う。野生なのに甘いという不思議バナナだ。正直驚いた。

一通り準備が終わり、彼女らの座る対面に腰を下ろす。

「朝からすまなかった。明け方が近かったのでそのままここまで歩いて来たんだ」

ペコリと頭を下げるライザにテレーズも続く。

「これをとっていたから夜じゃないと分かり辛《づら》くて」

テレーズが袋を開くと螺旋《らせん》状の角と緑色のビワくらいの大きさの果物？　が入っていた。

「へえ。何か討伐してきたのか？」

「夜光鹿《やこうじか》だよ」

「名前だけは聞いたことがある。これが夜光鹿の角なのか」

「うんー。まだ光るんじゃないかな。こっちこっち」

袋を掲げるテレーズが「ほれほれ」と袋を覗《のぞ》き込むように催促する。

いざ袋を覗き込もうとしたら彼女が袋を膝《ひざ》の上に置いてしまった。

お、お預けとは中々高度なことをやってくれるじゃないか。

「ほら、覗き込んでー」

「いや、テーブルの上に置いてくれたらいいじゃないか」

「そういうわけにはいかないのだよお。まあ、頼りがいのある私の膝にどうぞ」

「細い……」

セクハラ感満載だが本人が言うのだから良いのだろう。

太ももの間から中が見えやしないかとひやひやしたが、ぴっちり膝を閉じてその上から袋を置いているので問題なさそうだ。

袋を覗き込むと俺の頭の上にテレーズがローブを被《かぶ》せる。

「お、おおお。角だけじゃなく果物っぽいのも光ってるぞ」

「でしょー。果物はたまたま見つけたんだー。ついでついで。依頼がないか街で依頼書を探してみようかなって」

角と果物はぼんやりとした蛍光緑の光を放っていた。

見えないけどきっと得意顔で語っているんだろうな、テレーズ。


「あと少しだけ待ってな、もうすぐできるから」

「食事にマリーちゃんいないけど、倦怠期《けんたい》？」

「変なこと言うな！　お客さんが来ててさ。相手をしてもらってるんだ」

「一般の宿泊客じゃないってことか」

ふざけたことをのたまうテレーズに対し、ライザは自分なりの考えを述べる。

相変わらず対照的な二人だな。

すると、ライザの言葉に反応したテレーズが立ち上がって壁の方向を指差す。

「あー、お隣のお家《うち》！　お家まで建てて宿泊……じゃなく滞在しているんだね」

「ご名答。まあ、やんごとなき人だよ」

「一度だけキルハイムで演説しているのを見たことがあるよー。きっとあの変な人だね」

「推測は任せるが、息子だとだけ」

「息子も『吾輩』とか言っちゃうのかなあ」

「こら、テレーズ。詮索《せんさく》はよせ」

「はあい」

「んー」と可愛《かわい》らしく首を傾《かし》げ顎《あご》に人差し指を当てていたテレーズにライザが釘《くぎ》を刺した。

前置きが長くなってしまったが、そろそろ残りの料理もいけるかな。

断ってからキッチンに向かい鍋《なべ》を確認、ホカホカの炊き立てご飯の出来上がり。おっし。こんなもんかな。

「お待たせー」

「きたきたあー」

「朝からすまないな、エリック」

と言いつつもごくりと唾《つば》を飲み込むライザである。夜通し動きっぱなしで今の時間だものな。もう腹がペコペコに違いない。

冒険者ってのも大変だ。今回は光る素材の採集依頼だったため、夜に活動しなきゃならなかったらしい。

俺の方が朝食だから軽めの和食なのだけど、そこは我慢してくれ。朝から夜用の食事は中々ねえ。仕込みもあるし。

「この黒い紙みたいなのは？」

「それは海苔《のり》といってご飯と一緒に食べるとおいしいぞ」

「ねね、エリックくん。スープに貝が入ってる！　いつものワカメ？　とも合うんだねー」

「それは焼き魚と同じところで獲ったんだよ。ほら、この前一緒に行った『北の湖』でさ」

食べながら話に花が咲く。

献立は海苔と炊き立てご飯に、ホタテとワカメに根菜を加えた味噌汁《みそしる》と北の湖産の焼き魚だ。味《み》噌《そ》だまりと醤油《しょうゆ》もつけている。

おっと、思い出した。それなりに腹にたまるものがあったじゃないか。豆腐ともう一つ昨日の残りが少しあったからテーブルに並べるか。昨日の残りなら今出している軽い食事よりはマシだろうから。やっぱりこの朝食だけじゃいくら女子でも足らないだろ。

特に無表情を装い止まることなく食べているゴリラのためにも。

やはり、力こそパワーには肉がいる。

ちょうど、挑戦してうまくいって彼女らにも食べてもらおうと思っていたんだよね。

「ほい、追加だぞー。豆腐と」

「ソーセージにベーコン！　作ったの？」

「うん。ほら、廃村に細工店も兼ねてたりする鍛冶《かじ》の店があるだろ。あそこの店主のポラリスに作り方を教えてもらったんだよ」

「自家製なのか。料理が充実する……良いことだ」

と言いつつ手を合わせて喜ぶテレーズに先んじて豆腐に手をつけるゴリラであった。

目線に気付かれたのか、ライザが鋭い目をこちらに向けてくる。

「何か不穏なことを考えてなかったか？」

「いや、気のせいだろ。作ったものをおいしそうに食べてくれてるなあと思ってただけだよ」

「ふむ、そうか。不穏で思い出した。キルハイムでこの廃村のことを記した書を見つけてな。土産だ」

「不穏で思い出すって……どんな本なんだよ」

どしんとテーブルではなく、手の平に載せられたそれは赤い表紙の本だった。

さりげにこの世界では製紙の技術がある。木を材料にパルプを作り、紙にする製造法だ。

詳しくはもちろん知らない。工場みたいなところで魔道具と魔法を使ってるんじゃないのかなあ。

製紙技術があるので紙は高いものではない。本もそこまで高くない。なので本はそれほど珍しいものではなく、庶民でも手軽に買うことができるんだ。本の方は確か専門の魔法使いが原本から魔法で複写する。俺に複写の魔法を使う才能があれば……楽して暮らせたかもしれん。

さっそく本を開きたいところだけど、汚したくないから夜にでも読んでみようかな。

ん、テレーズが何やら手を上げて俺の反応を待っている。

「はい、テレーズくん」

「はいはいー。せんせえー、ネタバレしてもいいですかー？」

「構わんよ、一向に構わん」

「じゃあー、ライザがネタバレしまーす」

俺たちの変なノリを冷めた目で見ていた……いや、食事の方に集中していた様子のライザは突然話を振られ、食事の手が……止まらなかった。

それなりに分厚い本だし彼女らからあらすじを聞くことができるのは願ってもないことだよ。手を止めることなく食べながらも指名されたライザが本の内容を説明し始める。

「廃村がまだ鉱山村だった頃……ではなく更に昔の話だ」

「それっていつ頃なんだ？」

「開拓期とかいう時代で、色んなところに村ができていた頃のことらしい。冒険者だけでなく、国の騎士たちも人の住める地を求めて各地で危険を排除していた。原動力となったのは飢饉《ききん》」

「へえ、俺が生まれてから今まで不作はあったけど、食べるものに困ることはなかったな」

「そんな君にとって興味深い話も記載されている」

ライザ曰《いわ》く、開拓期にジャガイモ、サツマイモ、カボチャを育てるようになったんだそうだ。小麦を育てるに適さない地域もあり、誰が食べ始めたか分からないが飢えを凌《しの》ぐため各地の開拓村でこれらの作物が順次発見され、食べられることが分かって栽培され始めた。

これらの作物は飢饉に強いだけでなく、小麦を含めた複数の作物を育てることで全てがダメになることがなくなる。

新たな作物は既存の村や街でも作られるようになり飢饉は去った。

「なるほどなあ」

「そんなわけで飢えという原動力がなくなったため、開拓期は終わる」

「あれ、廃村が出てこないぞ」

「まあ待て。開拓期は終わったが開拓された村々はしばしの間存続した。多くは都市部から離れ過ぎていて、敢えてそこに住む必要もなくなり放棄されていったのだ」

「まあ、そうなるわな」

「しかし、存続し続けた村も少数ながらある。その一つがこの廃村だ」

「確か鉱山があったからだっけ」

「そうだ。他に残った村も何かしら特産があったようだぞ」

さて、前置きが終わったところでいよいよ廃村の歴史に話が向かう。


鉱山村となる前、この土地はモンスターの巣があった。

巣は山肌に入口があって、中は大量の蟻《あり》型モンスターがひしめいていたんだって。おぞましい……。

当時、部隊を率いていたとある騎士は後に戦場の魔術師と称《たた》えられるほどの名将となる人物だった。

普通ならあまりのモンスターの数に駆除しきるのは難しく、できたとしても多大な労力が必要なため諦《あきら》めたことだろう。

しかし、彼は逆にこれは好機だと捉《とら》えた。

アリが巣を作り我が物顔で蔓延《はびこ》ることができるのなら、周囲には大した大型モンスターはいない、と。

　そこで彼は一計を案じる。

　まずは巣穴の入口を徹底的に探すことを命じた。見えている大きな穴は一つだったが、巣穴に入口が一つだけなど考え辛いと判断したからだ。

　捜索により、複数の入口が発見されその全てに蓋《ふた》をする。別部隊に土木工事を命じていて、工事が完了するまで残りの部隊に塞《ふさ》いだ巣穴の監視をさせた。

　そして、アリが再び開けた入口のうち一か所だけはワザと塞がずそのままにする。

　こうすることで一か所だけ苦もなく通ることができることから、その穴だけをアリが通るようになった。

　いよいよ土木工事が完了するとアリの巣穴に水を流し込み一網打尽に！

　こうして戦場の魔術師による見事な作戦で怪我人は出たものの一人たりとも死者を出すことなくアリの討伐が完了した。

　巣は後に鉱山となり、更に掘り進められる。

　村は鉱山村として発展し数少ない長期間存続した開拓村の一つとなる。

　ここから先は俺も知ることで、鉱山村として発展したことが仇《あだ》となり、かなり奥まで鉱石を掘りに行かねばならなくなり効率が悪くなってきた時にダンジョンへ繋《つな》がってしまうというダブルパンチで廃坑となってしまった。

　鉱山という核を失った村は急速に寂れ、ついには誰一人いなくなり打ち捨てられた廃村となり俺たちが住み始めて今に至る。


「結構面白い話だった。ありがとう」

「この村以外の開拓村についても記載されているから、読んでみるといい」

「夜のお供にさせてもらうよ」

「きゃー、えっちー」

ちゃちゃを入れるテレーズにライザだけでなく俺も特に反応を返さなかった。

ふふ、どうだ？　俺も成長したものだろ。

すげなくスルーされてしまったテレーズであったが、特に拗《す》ねた様子もなくもぐもぐと食事に手を伸ばしていた。

彼女は食べてはいるものの、目が赤く水を飲んだ後に「ふああ」と欠伸《あくび》も混じる。

「客室が空くまではもうちょっと待っててもらわなきゃ、なんだが、風呂《ふろ》に入るか俺の部屋で寝てもらうかどうする？」

「さっぱりしたーい」

「そうだな。風呂を用意してくれるのなら風呂に行ってからエリックの部屋で休ませてもらえるか？」

「ベッドは一つだから二人一緒に寝る、でもいいかな？」

「問題ない」

風呂は一日中入ることができるようになっているので問題ない。

魔道具万歳だぜ。

彼女らと同じ状況としたら俺なら風呂に入っている最中に寝てしまうかもしれないので、まず寝るを選択していたと思う。

一つのベッドじゃ狭いけど、外で寝るよりは余程快適だろうから我慢してくれ。

「夜は一緒に入ろうね」

「分かったからとっとと風呂に入って寝てくれ」

「ふぁあい。三人一緒だとベッドに入らないねえ」

「俺はこれから活動タイムだから、って眠くなると饒舌《じょうぜつ》になるのか?」

「そんなことないよー。元から元から」

「確かに……」

「ほら、いつまでもエリックに絡んでいると彼の仕事ができないだろ」とライザに釘《くぎ》を刺されたテレーズは彼女に首根っこを掴《つか》まれズルズルと引っ張られていった。

ゴリラパワーには逆らいようがなかろう。

さて、後片付けしてから動くとするか。今日は何をやろうかな。倉庫を見てから考えるとしよう。

エピローグ　畑の拡張

「エリックさーん、こっち終わりましたー」

「こっちはもうちょっとだー」

倉庫は満杯だったので、兼ねてからやりたかった畑の手入れをやろうとしたらマリーも手伝ってくれることになった。

宿を開店する前に小さな畑を作ったはいいが、その後手入れが行き届いてなくてさ。

マリーが水やりだけはやってくれていたけど、畑が小さすぎて自分たちがたまに食べる分くらいしか収穫がない。

それに、彼女の昼間の仕事の多くは家畜に取られている。

せっかくの機会だったので、彼女と共に生え放題だった雑草を引き抜き、ついでに畑の面積も増やそうと汗水流しているというわけなのだ。

ポラリスのところで購入した草刈り鎌とクワを改めて研いでもらったので以前より断然作業速度が速い。

「よっし、今度は耕そう」

「はい！」

えっさほいさと二人でやると、畝一つ作るのもそれほど時間がかからない。

「リンゴ育てるんですかー？」

「びば」

「びばば」

二つ目の畝を作り終えたところで、すみよんを先頭にビーバーたちが後ろに並んで畑にやって来た。

「リンゴは……さすがに厳しくないか」

「そうなんですかー」

「種を植えて、木に育つまで何年かかることやらだよ」

「残念でえす」

物知りなすみよんなのに、リンゴの木の成長速度を知らなかったことに驚きだ。

彼なら魔法か何かで短期間で育ててしまうのかもしれないけど……。

「でしたら、ニンジンを育てますかあ？」

「びば」

「びばばば」

「ニンジン、甘いでえす」

マリーの提案に「びばびば」と活気づくビーバーたちにすみよんも乗っかる。

「そんじゃあ、こっちはキャベツでも植えてみるかな」

あれ、彼らの反応がないぞ。

キャベツもお裾分《すそわ》けしたことがあって、ビーバーたちも食べていたんだけどなあ……。

どうやらニンジンの方がお気に入りのようである。

動物園で野菜を食べる馬とかウサギとか、もちろんビーバーもニンジンが大好きなんだよね。

甘味のある野菜だからとか聞いたような。

馬はさりげに甘いものが好きで、角砂糖とかも食べるんだって。

甘いのだったら……そうだな。

「よっし、じゃあ、キャベツをやめてサツマイモにするかな」

「びば」

「びばばば」

「サツマイモ甘いでえす」

やはり、甘いのがよかったらしい。

そんじゃま、育てるものが決まったので種を植えるとしようか。

種を植えたところで、俺を呼ぶ声が聞こえてきた。

「エリックくーん！」

起きてきたテレーズが宿の前でブンブンと手を振っている。

「もう起きてきたの？」

「もう、ではないよー。お昼過ぎも過ぎだよ」

「マジか。畑作業に夢中になってしまった。マリー、ちょうど作業も終わったしそろそろ引き上げよう」

「はい！」

撤収、撤収。

今日も充実した時間を過ごすことができた。

明日は何をして過ごそうか？　マリーの仕事もいち段落していたら、かねてから行こうと思っていたキルハイムの街にでも繰り出すのもいいいな。

夕食時に彼女に予定を聞いてみることにしよう。

さて、レストランの仕込みを頑張るぞ！

特別編　コビトと猫

「にゃー」

「実に良い、君も立派なケットになってきたね」

緑の三角帽子を指先でピンと弾《はじ》き片方の目を閉じるストラディ。

首を傾《かし》げ彼をじーっと見つつふああと欠伸《あくび》をしたのは先日生まれた子猫のチョコだった。

チョコは母親のグルーに似た茶色の長毛をしていて、顔立ちも彼女に似ている。

首を傾げていたチョコはおもむろに一歩踏み出すと頭をさげストラディの頬をベロンと舐《な》めた。

子猫でも彼にとっては大きく、チョコの舌が顔の半分くらいを占める形となる。

ザラザラした舌は彼のサイズからすると舐められて痛いように見えるが、彼は笑顔でチョコに声をかけた。

「実に健やかで良い。グルーに似た良いケットになるだろう」

彼の声に反応してかチョコが伏せの体勢になる。

対するストラディは人差し指を左右に振り苦笑した。

「乗せてくれるのかい？　だがもう少し後にして欲しい。君の体が大きくなってからね」

「にゃー」

「はは。もうあと数か月の我慢さ。私も楽しみで仕方ないよ」

「にゃーん」

彼はゴロゴロと喉《のど》を鳴らすチョコを愛《いと》おしそうに撫《な》でる。

コビト族は冒険者の能力で言うところのテイマーの能力を持つ者が多い。

テイマーとはモンスターや動物と仲良くなり、使役する能力だ。使役されたモンスターや動物はテイマーの命令を聞くようになる。

こうした使役された状態になることを冒険者たちはテイムされた状態と呼ぶ。

テイムされた状態のモンスターなどはテイマーの命令を理解し、彼らを主人と認め言う事を聞く。

だが、魔法や道具と異なり必ず命令に従うわけではないのがテイマーのおもしろいところだと言われている。

また、テイムする能力は生まれながらの能力であるため、努力をしても獲得できるものではない。

それ故、動物好きの者からすれば動物と意思疎通ができる能力は垂涎《すいぜん》の的になっている。

ストラディもまたそんな動物好き憧《あこが》れのテイマーの能力を持つ。

「本当にマリーくんのケットは素晴らしい！　素晴らしいケットから誕生したチョコもまた同じくだね」

パチリと指を鳴らし、芝居がかった仕草で頭を下げる。

チョコはそんな彼の仕草をじーっと眺めていた。

チョコも他の猫たちも彼にテイムされた状態ではない。彼ならばやろうと思えば猫たちをテイム状態にすることはできる。

テイム状態にすれば猫に乗ってどこへ行くにも今より精密かつ迅速に動かすことが可能だ。

しかし、ストラディは彼らをテイム状態にするつもりはない。

彼らの飼い主はマリーで、ストラディは彼らを使わせてもらっている立場だからだ。

言わなければテイム状態になっているかどうかなど、テイマー以外にはわからない。だが、言わなければ分からないからやっていいのではないと彼は考えている。

「エリックくんとマリーくんとの約束だからね。コビト族は約束を違《たが》えないのさ。現状何も困っていない」

彼はくるりとその場で一回転し帽子を押さえた。

「いや、むしろ大助かりさ。何かと差し入れまで持って来てくれるからね」

大仰な仕草でそのままお辞儀をした彼に向け、チョコが「にゃーん」と鳴く。

まるで演劇でもしているかのような彼の独白にチョコが楽しんでいるようにも見える。

「チョコー。ごはんだよー」

下の階からチョコを探すマリーの声が聞こえてきた。

すぐにトントンと階段を登る音も響く。

登って来ているのはもちろんマリーであろう。

「おっと、食事の時間のようだよ」

「にゃーん」

「あ、ストラディさん！　チョコを見ててくださったんですね！」

「さあ、行った」とストラディがチョコの背を叩《たた》いたところで、マリーが顔を出す。

この部屋はエリックの自室で、この上からコビト族の里に続く道があるのだ。

マリーはケットの獣人故か飼っているケットの場所をなんとなしに察知しているのかもしれない。

などと考えながらも彼はマリーに向け胸に手を当て会釈する。

「やあ、マリーくん。たまたまチョコが見えたものでね。彼はいいケットになりそうだ」

「そうなんですか！」

「そうだとも。マリーくんの愛情あってのことさ」

「みんな、ちゃんとパトロールしてくれてますか？」

「滞りなく」

笑顔のマリーにストラディも自然と顔が綻《ほころ》ぶ。

マリーの笑顔を見ていると誰しもがこうなる。

不思議な魅力をもったケットの獣人の子だ、と彼はくすりと心の中でも笑う。

「あ、ストラディさん！　コビト族のみなさんにってエリックさんが作ってくれた料理があるんです」

「それは僥倖《ぎょうこう》。是非頂くよ」

エリックの風変わりな料理はコビト族の間でも好評だ。

コビト族としてもお礼にとっておきのシチューを振舞いたい、と考えたこともあった。

しかし、コビト族が持つ一番大きな鍋《なべ》でもケット一匹の腹を満たすこともできない。

エリックの料理にも負けず劣らずのコビト族のシチューを味わって欲しいのだが。

お、そうか。

いいアイデアが浮かんだストラディは思わず手をギュッと握る。

「マリーくん、近くエリックくんに相談したいことがあるんだが」

「エリックさんに伝えておきますね！」

「ありがとう、よろしく頼む」

「はい！」

彼の料理の腕ならば、コビト族のシチューを再現できるのではないか。

ストラディの思い浮かんだアイデアはこれだった。

自分たちとサイズが異なる人間に料理を振舞うことは難しい。だが、人間が作るのなら人間サイズの料理になるではないか。

マリーとチョコを見送りながら、思いついた妙案に一人ウキウキとするストラディなのであった。

あとがき

『廃村ではじめるスローライフ ２ ～前世知識と回復術を使ったらチートな宿屋ができちゃいました！～』を手に取っていただき、誠にありがとうございます。

そう、二巻です！

一巻で出会ったキャラクターが動き出し、エリックは毎日大忙し。

そんな中、お友達のワオキツネザルが素敵なプレゼントを持って来てくれました。

それは馬より速く、悪路にも強い、食事量も少ない、更に広いコンテナまで備えている騎乗生物。

エリックも感動し涙を流すこと間違いなし！　……と思っていましたが、当初はあまり喜んでなかったですね。

カサカサと動く巨大カブトムシは虫が苦手じゃない彼でも思うところがあったようです。

本巻では蜘蛛《くも》が出て来たりと虫が苦手な方にはゾワゾワする展開が続いたかもしれません。ですが、慣れればきっとそんなあなたもニッコリしていること間違いなし……となっていただけていると嬉《うれ》しいです。

まだまだ書ききれませんが、宿屋「月見草」のメニューは今後もどんどん充実していく予定です。

どんなメニューが登場するか楽しみにしていただければ幸いです。

最後に、編集さん、イラストレーターさん。そして、本書をお手に取って頂いた読者のみなさま、この場を借りてお礼申し上げます。

お便りはこちらまで

〒102－8177
カドカワBOOKS編集部　気付
うみ（様）宛
れんた（様）宛

カドカワBOOKS

廃村《はいそん》ではじめるスローライフ　2
～前世《ぜんせ》知識《ちしき》と回復術《かいふくじゅつ》を使《つか》ったらチートな宿屋《やどや》ができちゃいました！～

2023年11月10日　初版発行

著者／うみ
発行者／山下直久
発行／株式会社KADOKAWA
〒102-8177
東京都千代田区富士見2-13-3
電話／0570-002-301（ナビダイヤル）

編集／カドカワBOOKS編集部
印刷所／暁印刷
製本所／本間製本

Printed in Japan
ISBN 978-4-04-075205-1 C0093

新文芸宣言

かつて「知」と「美」は特権階級の所有物でした。

15世紀、グーテンベルクが発明した活版印刷技術は、特権階級から「知」と「美」を解放し、ルネサンスや宗教改革を導きました。市民革命や産業革命も、大衆に「知」と「美」が広まらなければ起こりえませんでした。人間は、本を読むことにより、自由と平等を獲得していったのです。

21世紀、インターネット技術により、第二の「知」と「美」の解放が起こりました。一部の選ばれた才能を持つ者だけが文章や絵、映像を発表できる時代は終わり、誰もがネット上で自己表現を出来る時代がやってきました。

UGC（ユーザージェネレイテッドコンテンツ）の波は、今世界を席巻しています。UGCから生まれた小説は、一般大衆からの批評を取り込みながら内容を充実させて行きます。受け手と送り手の情報の交換によって、UGCは量的な評価を獲得し、爆発的にその数を増やしているのです。

こうしたUGCから生まれた小説群を、私たちは「新文芸」と名付けました。

新文芸は、インターネットによる新しい「知」と「美」の形です。

2015年10月10日

井上伸一郎

カドカワBOOKS
スキル『植樹』を使って
追放先でのんびり
開拓はじめます
コミカライズ企画
進行中!

しんこせい　イラスト　あんべよしろう

生産系スキル『植樹』を授かったせいで、砂漠へと追放されてしまったウッディ。しかし、この能力は超規格外で—— 伝説の世界樹を植えられたり、美味しすぎる果物が生る樹や四大元素の属性を持つ樹、ハウスツリーまで作り出せるものだった！　さらに、世界樹を目当てに神獣達も現れて……!?

新たな領主として砂漠の先住民を助けたウッディは、自分と領民達の快適安全な居場所を作るため、チートな力をフル活用し食糧や住居問題など次々と解決していく！

『楽しくお仕事
in 異世界』
中編コンテスト
受賞作
ラスボスですが
ダンジョン最下層で
スローライフ
はじめます！

colate
魔王《まおう》になったので、ダンジョン造って人外娘とほのぼのする
MAOU NI NATTA-NODE DUNGEON TSUKUTTE JINGAI-MUSUME TO HONO-BONO SURU.
カドカワBOOKS

最強の鑑定士
Who is the strongest appraiser?
って誰のこと？
~満腹ごはんで異世界生活~
美味しい料理で胃袋をがっつり掴んだり……
チートアイテム&技能でものづくりをしたり……
たまに活躍!?
チートな鑑定で事件も解決!!

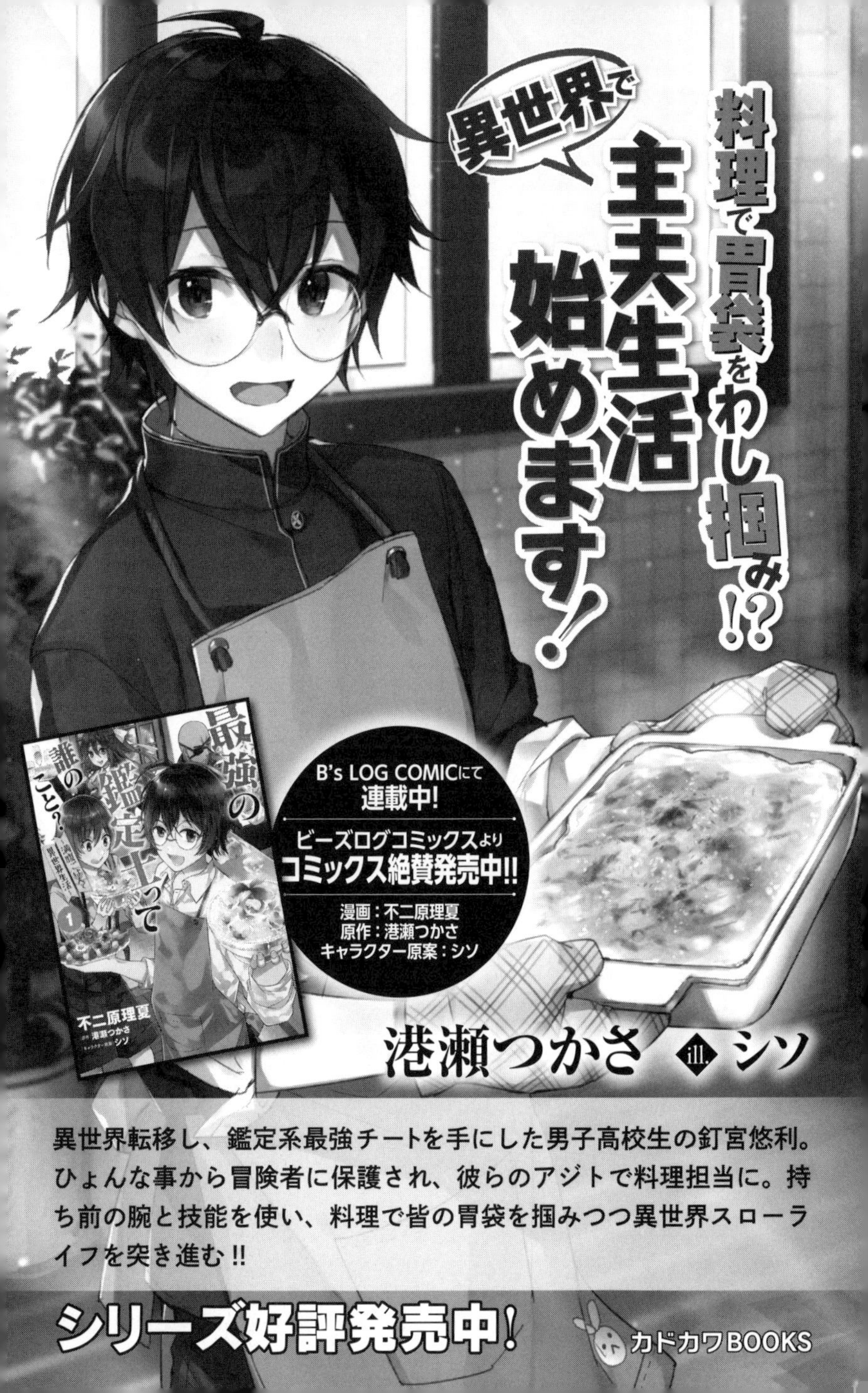

料理で胃袋をわし掴み!?
異世界で
主夫生活始めます!
最強の鑑定士って誰のこと?
1
不二原理夏
港瀬つかさ
シソ
B's LOG COMICにて
連載中!
ビーズログコミックスより
コミックス絶賛発売中!!
漫画：不二原理夏
原作：港瀬つかさ
キャラクター原案：シソ
港瀬つかさ ill. シソ
異世界転移し、鑑定系最強チートを手にした男子高校生の釘宮悠利。ひょんな事から冒険者に保護され、彼らのアジトで料理担当に。持ち前の腕と技能を使い、料理で皆の胃袋を掴みつつ異世界スローライフを突き進む!!
シリーズ好評発売中!
カドカワBOOKS

第4回カクヨムWeb小説コンテスト 異世界ファンタジー部門〈大賞〉
元社畜、異世界の端っこで
のんびりモノづくり生活、
はじめます。
WEBデンプレコミックほかにて
コミカライズ
連載中!!!
漫画：日森よしの
鍛冶屋ではじめる
異世界スローライフ
たままる イラスト／キンタ
異世界に転生したエイゾウ。モノづくりがしたい、と願って神に貰ったのは、国政を左右するレベルの業物を生み出すチートで……!? そんなの危なっかしいし、そこそこの力で鍛冶屋として生計を立てるとするか……。
カドカワBOOKS